GIURATO

LEGATI DAL SANGUE LIBRO 3

ANCHE DI
RICHARD FIERCE

CAVALIERI DEI DRAGHI DI OSNEN

Prova di Stregoneria
Un Legame di Fiamma
La Chiamata del Guerriero
La Moneta delle Anime
Ali del Terrore
Occhi di Pietra
Dente e Artiglio
Il Servitore delle Anime
Fumo e Ombra
Il Cavaliere Oscuro
Il Canto delle Ossa
Spada e Corona
Maree di Tenebra
Ira e Rovina
Tomba dei Giuramenti

GIURATO

LEGATI DAL SANGUE LIBRO 3

RICHARD FIERCE

Copyright

©2025 Richard Fierce, per il testo
©2025 Richard Fierce, per la traduzione Italiana
Titolo originale: Sworn
ISBN: 979-8-89631-085-3

Dragonfire Press

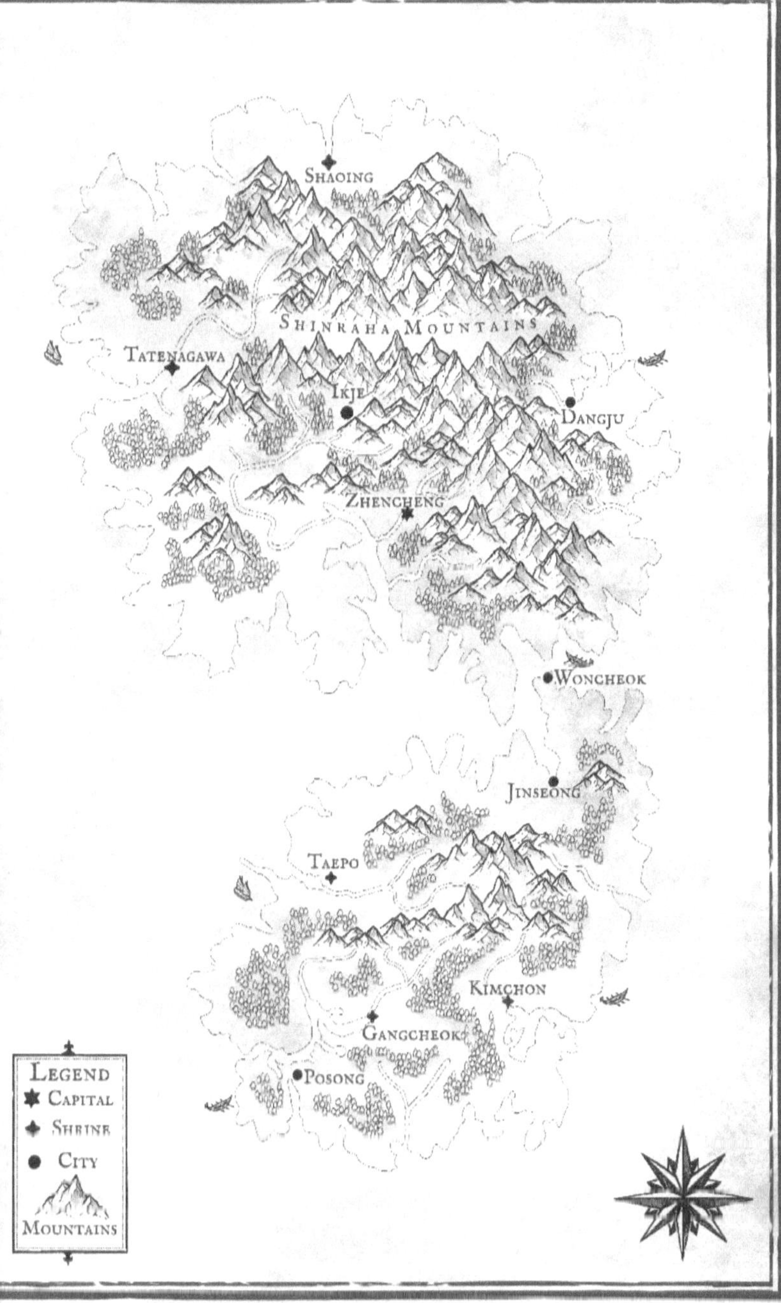

Shaoing
Shinraha Mountains
Tatenagawa
Ikje
Dangju
Zhencheng
Woncheok
Jinseong
Taepo
Kimchon
Gangcheok
Posong
Legend
Capital
Shrine
City
Mountains

1

Akuhara si trovava in cima a una scogliera che dominava l'accampamento dei Drakka, la sua armatura scura che scintillava alla luce di centinaia di fuochi sparsi nella valle sottostante. L'aria era densa dell'odore di fumo e lei arricciò il naso a quell'olezzo. Il suo drago giaceva raggomitolato al suo fianco, mentre lei osservava l'orda con un misto di orgoglio e inquietudine.

L'accampamento era una distesa caotica di tende, pali appuntiti e Drakka erranti. I loro ringhi gutturali e sibili riempivano l'aria, una sinfonia discordante che strideva contro i pensieri di Akuhara. Poteva vederli muoversi in gruppi irrequieti, intenti ad affilare le armi, a divorare carne cruda e, di tanto in tanto, ad attaccarsi a vicenda. Erano potenti, sì, ma indisciplinati, indomabili. La sua magia era l'unica cosa che li teneva a bada.

Inspirò a fondo, sentendo il peso di quella guerra opprimerla.

«*Cosa mai penseranno di me?*» si chiese, soffermando lo sguardo su una coppia di Drakka che ringhiava per un pezzo di carne.

«*Ti temono*», brontolò il suo drago, la sua voce un ringhio basso che le risuonò nella mente come un tuono. «*Ed è giusto che sia così.*»

Le labbra di Akuhara si piegarono in un sorriso amaro. «*La paura è uno strumento potente. Li mantiene obbedienti. Ma non è abbastanza.*»

Il drago inclinò la testa, sbuffando riccioli di fumo dalle narici. I suoi occhi si strinsero mentre la studiava. «*Il dubbio alberga nel tuo cuore. Perché?*»

Akuhara strinse la mano a pugno. Le unghie le affondarono nel palmo, e il dolore la riportò alla realtà. «*Perché non sarebbe dovuta andare così. Volevo ricostruire, creare qualcosa di migliore. Ma queste... creature... capiscono solo la distruzione.*»

Le sue parole rimasero sospese nell'aria e lo sguardo del drago non vacillò. «*La distruzione è la via per la rinascita*», disse infine, con un tono venato di impazienza. «*Per creare qualcosa di migliore, devi prima spazzare via ciò che è rotto.*»

Akuhara si voltò, la mascella contratta. Il suo sguardo si perse all'orizzonte, dove le luci tremolanti di una città lontana punteggiavano il paesaggio come lucciole nella notte. Quella vista risvegliò qualcosa nel profondo del suo essere: un ricordo, non richiesto e sgradito.

L'aria nei giardini aveva sempre odorato di gelsomino e terra smossa, una miscela inebriante che ancora indugiava nella mente di Akuhara. Non aveva più di otto anni, era accovacciata dietro un cespuglio di azalee imponenti, con le ginocchia premute nella terra umida, mentre spiava attraverso le fessure tra le foglie. Davanti a lei, una bambina era in piedi sotto il sole, con una spada di legno da addestramento stretta in pugno.

La bambina, Kai, si muoveva con rozza determinazione, roteando la spada in ampi archi. La sua fronte era corrugata per la concentrazione e il sudore le imperlava la fronte mentre il suo respiro usciva in sbuffi rapidi e acuti. Accanto a lei, un uomo imponente se ne stava a braccia conserte, con un'espressione severa ma orgogliosa mentre le correggeva la postura.

«Ancora», ordinò lui, la sua voce profonda che echeggiava nel giardino.

Kai annuì e aggiustò la presa, la sua piccola corporatura che tremava per lo sforzo. Era così concentrata, così completamente assorta nel suo compito, che non si accorse di Akuhara che la osservava. Nessuno se ne accorse.

Akuhara rimase nascosta, spingendosi ancora più in profondità nell'ombra delle azalee. Non sarebbe dovuta essere lì. Non sarebbe dovuta esistere. Abbandonata alla nascita, data per morta, era stata trascinata nell'abbraccio dei Drakka. Eppure, spinta dalla curiosità o da una forza innominabile, aveva ritrovato la strada fino a lì, a quel giardino, a quella bambina che condivideva il suo stesso volto.

Mentre Kai completava un altro fendente, l'uomo si fece avanti, posandole una mano sulla spalla. «Bene. Ma la forza da sola non basta. Devi imparare ad anticipare, a vedere cosa sta per accadere.»

Kai lo guardò, con gli occhi spalancati e pieni di determinazione. «Lo farò. La renderò orgoglioso.»

Il petto di Akuhara si strinse. Orgoglio. Approvazione. Cose che non aveva mai conosciuto, cresciuta com'era tra creature che davano valore solo alla distruzione. Assistere a quella scena era come guardare una vita che avrebbe potuto essere la sua, una vita che le era stata rubata nel momento in cui era stata gettata via.

Le sue unghie affondarono nella terra umida. Avrebbe voluto uscire dal suo nascondiglio, affrontare l'uomo, la bambina. Chiedere spiegazioni. Ma cosa avrebbe detto? Che era la figlia che avevano abbandonato? La figlia che non sapevano di avere?

Si voltò, le piccole mani che si stringevano a pugno. Già a quell'età, l'amarezza aveva iniziato a mettere radici, contorcendosi dentro di lei come i viticci di magia oscura che un giorno avrebbe brandito. Ma accanto a essa c'era qualcos'altro, qualcosa di più tenero. Un desiderio di essere vista, di essere riconosciuta, anche solo dall'ombra.

«Un giorno», sussurrò a se stessa, con parole appena udibili. «Un giorno, lo sapranno.»

Il ricordo svanì con la stessa rapidità con cui era venuto, lasciando Akuhara di nuovo in piedi sulla scogliera, con il profumo di gelsomino sostituito da fumo e cenere. Chiuse gli occhi, esalando un respiro lento e misurato.

«Forse», disse, il suo tono ora più morbido, tinto di una stanchezza che non riusciva a

reprimere del tutto. *«Ma a volte, non posso fare a meno di chiedermi...»*

Il suo drago si mosse al suo fianco, la sua mole massiccia che oscurava i fuochi dell'accampamento sottostante. *«Tua sorella è una debolezza»*, sibilò, il veleno nel suo tono inconfondibile. *«Si aggrappa a un mondo in frantumi. Tu sei più forte senza di lei.»*

Akuhara non rispose subito. Invece, si inginocchiò e posò la mano sulla terra. Il suolo sotto il suo palmo era freddo, inflessibile. Dalle sue dita si propagarono viticci di energia oscura, che si insinuarono nel terreno come le radici di un albero maligno. I Drakka più vicini a lei si irrigidirono, i loro occhi che si focalizzavano mentre la sua magia rafforzava il loro legame. Sentì la loro paura, la loro fame, la loro rabbia: tutto ciò alimentava il suo potere, rafforzando il suo controllo.

«Mi seguono perché hanno paura», disse Akuhara, con gli occhi fissi sull'energia contorta sotto la sua mano. *«Ma la paura può trasformarsi in sfida. Dobbiamo agire presto, prima che la marea cambi.»*

Il drago le si avvicinò, la sua enorme testa che si abbassava al suo livello. Volute di fumo uscirono dalle sue narici e i suoi occhi ardevano come tizzoni. *«Allora impartisci l'ordine»*, brontolò. *«Che le città brucino. Che la loro speranza si trasformi in cenere.»*

Akuhara si alzò, la sua espressione indurita. Sollevò la mano, l'energia oscura che le crepitava intorno. *«Basta aspettare»*, disse. *«Marciamo all'alba.»*

2

Il cielo ardeva cremisi, striato di fumo nero che oscurava le stelle. Kai era al centro del campo di battaglia, le mani che le tremavano mentre stringeva la spada. Intorno a lei, il terreno era disseminato di caduti, i loro volti oscurati dalla cenere. Il puzzo di sangue e carne carbonizzata soffocava l'aria, ma era il silenzio a opprimerla come una morsa. Non un singolo grido o gemito di dolore, solo il crepitio di fiamme lontane e il basso brontolio di qualcosa di immenso che si muoveva nell'ombra.

«Hikari?» chiamò Kai, la sua voce roca e flebile contro quel silenzio opprimente. Si voltò, cercando il bagliore delle scaglie dorate della sua dragonessa.

Un'ombra si mosse e lei si bloccò. Dalle volute di fumo emerse Akuhara, sua sorella gemella, avvolta in un'armatura scura che

8

rifletteva la magia come olio sull'acqua. Il suo drago incombeva alle sue spalle, gli occhi che brillavano di un verde malato, le scaglie annerite e contorte come se fossero state bruciate dall'interno.

Akuhara sorrise, un'increspatura crudele delle labbra. «Pensavi davvero di potermi fermare, sorella?»

Kai sollevò la spada, ma le mani le tremavano. «Non ti permetterò di distruggere tutto».

«Oh, Kai» disse Akuhara, la voce grondante di scherno. «L'hai già fatto». Fece un gesto intorno a loro, e a Kai si gelò il sangue quando vide i volti dei morti. Ryn, il Maestro Satoshi, i Separati... tutti la fissavano con occhi spenti, un'accusa incisa sui loro lineamenti.

«No» sussurrò Kai, facendo un passo indietro. «Questo non è reale».

Akuhara rise, un suono agghiacciante che echeggiò per tutto il campo di battaglia.

Il suolo tremò quando Hikari emerse dal fumo, ma qualcosa non andava. Le sue scaglie erano striate di venature nere, gli occhi annebbiati dalla stessa luce verde malata del drago di Akuhara.

«Hikari?» la voce di Kai si spezzò. Allungò una mano, ma la dragonessa ringhiò, scoprendo zanne che gocciolavano veleno.

«Adesso è mia» disse Akuhara, avvicinandosi. «Non sei mai stata abbastanza forte per essere la sua cavaliera».

Hikari si impennò, le sue ali imponenti che proiettavano un'ombra su Kai. Poi, con un ruggito assordante, la dragonessa si scagliò contro di lei.

Kai urlò mentre l'oscurità la inghiottiva.

Si svegliò di soprassalto, il respiro che le usciva in ansimi affannosi. Le sue mani si aggrapparono al mantello di pelle di drago in cui si era avvolta, il Cuore di Fiamma che pulsava debolmente al suo fianco. Per un momento non riconobbe l'ambiente circostante: il debole bagliore di un falò, il fruscio silenzioso degli alberi. Hikari giaceva a breve distanza, le scaglie che brillavano dolcemente al chiaro di luna mentre dormiva.

Kai si premette una mano tremante sul petto, cercando di calmare il cuore che le batteva all'impazzata. Era solo un sogno. Un incubo. Ma la paura persisteva, attorcigliandosile nelle viscere come una creatura vivente.

Hikari si mosse, i suoi occhi si aprirono per incontrare quelli di Kai. *Che c'è che non va?*

chiese la dragonessa, la sua voce un brontolio sommesso nella mente di Kai.

Kai scosse la testa, incapace di trovare la voce. Lanciò un'occhiata alla spada che giaceva accanto a lei, mentre i riflessi dell'incubo le balenavano nella mente.

Non è niente, disse infine, anche se le parole suonarono vuote. *Solo... un sogno.*

Hikari inclinò la testa, il suo sguardo penetrante. *Spesso i sogni rivelano verità che cerchiamo di ignorare.*

Kai deglutì a fatica, l'immagine della figura contorta di Hikari ancora vivida nella sua mente. Distolse lo sguardo, fissando le braci morenti del fuoco.

Dovremmo muoverci, disse, i pensieri ora più saldi. *Akuhara è là fuori, e io... non permetterò che quel sogno diventi realtà.*

Hikari sbuffò piano, una nuvola di fumo che si arricciava dalle sue narici. *Allora assicuriamoci che non accada.*

Kai annuì. L'incubo l'aveva scossa, ma aveva anche acceso qualcosa di più profondo: la determinazione di affrontare sua sorella, a qualunque costo.

Strisciò fino al fuoco, passando le dita sulla terra per spegnere le ultime braci. Il debole crepitio si spense, lasciando solo il frinire dei grilli e l'occasionale fruscio di foglie nella notte. Si alzò, gettandosi sulle spalle il mantello di pelle di drago, il cui peso e calore erano una presenza rassicurante contro il freddo dell'aria notturna.

Hikari si alzò in piedi, spiegando le ampie ali. Il chiaro di luna si rifletté sulle sue scaglie e, per un momento, Kai trovò conforto in quella vista.

Proseguiamo verso est, disse Kai. *Verso Ikje.*

Hikari si abbassò, permettendo a Kai di salirle in groppa. La sensazione familiare delle scaglie della dragonessa sotto le sue mani la confortò, allontanando i viticci dell'incubo che cercavano di artigliarle la mente. Con un potente battito d'ali, Hikari si lanciò in aria e il terreno si allontanò sotto di loro. Il vento sferzò il viso di Kai, freddo e con un profumo di pino.

Mentre si libravano più in alto, le stelle divennero visibili. Il loro bagliore lontano sarebbe presto svanito, con l'avvicinarsi dell'alba.

Kai strinse la presa sul collo di Hikari, lo sguardo fisso sull'orizzonte. Volarono per un po' in silenzio finché Kai non scorse un piccolo villaggio, le sue case di legno raggruppate insieme. Dai comignoli non si alzava fumo e il silenzio era innaturale, denso e soffocante.

Qualcosa non va, disse Kai, la mano destra che correva istintivamente all'elsa della spada. Diede una pacca sul collo di Hikari. *Portaci a terra.*

La dragonessa brontolò in segno di assenso e scese. Gli artigli sollevarono la polvere quando atterrò ai margini del villaggio. Kai scivolò giù dalla groppa di Hikari, i suoi stivali che scricchiolavano sulla terra. L'aria era immobile, troppo immobile. Mancava persino il consueto frinire dei grilli.

Kai scrutò le strade vuote, poi si diresse cautamente verso la casa più vicina, la cui porta era socchiusa. All'interno, mobili rovesciati e ceramiche in frantumi raccontavano una storia di violenza improvvisa.

Il debole odore di sangue le giunse al naso, metallico e pungente. Le si rivoltò lo stomaco, ma proseguì, la lama sguainata. All'esterno, il ringhio basso di Hikari attirò l'attenzione di Kai verso le ombre oltre la piazza del villaggio. Un movimento. Un guizzo di luce si rifletté su corpi scuri e squamosi.

«Drakka!» gridò mentre le creature uscivano di scatto dai loro nascondigli.

Il primo Drakka si lanciò all'attacco, i suoi artigli che fendevano l'aria. Kai si fece da parte e roteò la lama in un arco netto, recidendogli il collo. Il corpo senza vita della creatura si accasciò a terra, ma altri presero il suo posto, i loro ringhi gutturali che colmavano il silenzio.

I Drakka si muovevano con una coordinazione sinistra, fiancheggiando Kai mentre la spingevano verso la piazza. Lei parò un colpo, la sua spada che cozzava contro gli artigli della creatura, poi schivò un altro fendente diretto alla sua testa. Un terzo Drakka si lanciò dalla sua sinistra e lei riuscì a malapena a torcersi per evitarlo.

Hikari ruggì, scatenando un torrente di fiamme che illuminò la piazza. Il fuoco disperse i Drakka, alcuni dei quali stridettero mentre le loro scaglie si annerivano e si crepavano. Si raggrupparono in fretta, sciamando dai vicoli e dai tetti. La mente di Kai correva all'impazzata. Erano troppi.

Hikari, la cresta! le comunicò mentalmente, indicando una stretta sporgenza sopra il villaggio. Se fosse riuscita a farla crollare, avrebbe schiacciato i Drakka sottostanti.

Hikari si librò in aria, sbattendo le ali con potenza. Kai sfrecciò tra gli assalitori, menando fendenti e parando i colpi mentre si faceva strada verso un terreno più elevato. I Drakka la inseguirono, i loro artigli che scavavano la terra mentre si arrampicavano dietro di lei. Raggiunse una scalinata fatiscente scavata nella parete rocciosa, le gambe che le bruciavano mentre scattava verso l'alto. Sotto di lei, i Drakka avanzarono impetuosamente, con gli occhi fissi su di lei.

Dall'alto, Hikari lasciò cadere un masso sulla cresta. La roccia gemette e si scheggiò, mentre delle crepe si diramavano sulla sua superficie come una ragnatela. Kai si schiacciò contro la parete della scogliera mentre uno schianto fragoroso echeggiava nella valle. Tonnellate di roccia precipitarono, schiacciando i Drakka in una nuvola di polvere e detriti.

Respirando affannosamente, Kai guardò giù, verso la devastazione. Il terreno era disseminato di corpi straziati e pietre frantumate. Hikari le atterrò accanto.

Dobbiamo continuare a muoverci, disse Kai, pulendo il sangue dalla spada. *Potrebbero essercene altri.*

Mentre si alzavano in volo, Kai lanciò un'ultima occhiata al villaggio in rovina. Notò un movimento tra le macerie: un Drakka, a malapena vivo, che si trascinava fuori da sotto le rocce. I suoi occhi incrociarono quelli di lei per un breve istante, prima che l'ombra di Hikari lo avvolgesse o Kai si voltasse.

Volarono in silenzio, l'imboscata che le pesava addosso. *Stanno diventando più metodici,* disse infine Kai. *Non mi è sembrato un caso.*

No, concordò Hikari. *Qualcuno ci sta osservando.*

I pensieri di Kai si incupirono. Akuhara. L'ombra di sua sorella incombeva su ogni mossa dei Drakka, su ogni vita che distruggevano. Serrò la mascella.

Pagherà per tutti i suoi crimini.

3

Ikje era caduta.

Lo stomaco di Kai si rivoltò mentre Hikari volteggiava sulla rovina annerita. La città, un tempo impenetrabile, era stata ridotta in macerie, le sue mura di pietra abbattute e le sue strade abbandonate. I resti carbonizzati delle case si ergevano come sentinelle scheletriche, con le travi di legno spaccate e annerite. Il luogo assomigliava più a un cimitero che a una città.

Siamo arrivate troppo tardi, pensò Kai, sentendo la gola stringersi.

Una parte di lei aveva sperato, forse ingenuamente, che Ikje sarebbe in qualche modo sopravvissuta all'assalto. Mentre osservava le torri crollate e il vasto vuoto dove un tempo si trovavano i mercati, si rese conto che la speranza era una cosa fragile.

Portaci più in basso, chiese a Hikari.

La dragonessa virò bruscamente, le sue ali che fendevano l'aria mentre scendevano verso la città. Man mano che si avvicinavano, il puzzo di cenere e di morte si fece più intenso. Kai deglutì a fatica. Non aveva mai visto una tale distruzione, ma c'era di più. Questa... questa era una faccenda personale. I suoi genitori erano stati qui. Erano riusciti a fuggire, o li aveva persi come aveva perso Liu e Kokoro?

Hikari atterrò dolcemente tra le rovine di quella che era stata la piazza principale, dove si era svolta la Cerimonia dei Giuramenti. Kai scivolò giù dal dorso della dragonessa e atterrò con un tonfo sul selciato, i suoi stivali che sollevavano nuvole di fuliggine. I suoi occhi percorsero rapidamente i detriti. Tutt'intorno a lei, il silenzio era opprimente. Non c'erano segni di sopravvissuti, ma Kai decise di cercare comunque.

«Salve? C'è nessuno?»

Vagò tra le rovine e si fermò vicino a una fontana semidistrutta. L'acqua era sparita da tempo, sostituita da polvere e cenere. Al suo centro, la figura in pietra di un drago si ergeva ancora, sebbene il suo volto fosse crepato e spaccato.

Kai continuò a farsi strada tra le rovine. Forse non era stata in grado di prevenire questa tragedia, ma avrebbe fatto tutto ciò che era in suo potere per assicurarsi che non accadesse mai più. Il suo mantello sventolava al vento mentre camminava, più scuro delle pietre annerite sotto i suoi piedi.

Un movimento improvviso catturò la sua attenzione. Scattò con la testa all'insù e intravide una figura che camminava tra le macerie. Senza esitazione, si lanciò in avanti, con Hikari che la seguiva da vicino.

«Aspettate!» gridò Kai.

La figura si voltò e a Kai mancò il respiro. Era un'anziana donna, con il volto striato di fuliggine. Si stringeva uno straccio sul viso e i suoi occhi si spalancarono per il terrore alla vista di Hikari.

Kai alzò le mani in un gesto di pace. «Non siamo qui per farvi del male.»

La donna esitò, lo sguardo che saettava tra Kai e Hikari. «I Drakka,» gracchiò. «Sono stati loro.»

«Lo so. C'è qualcun altro qui?»

La donna scosse la testa. «Coloro che sono sopravvissuti sono andati a Dangju.»

Kai ricordava il Maestro Satoshi ordinare ai Giurati di fuggire lì durante l'attacco, ma non aveva senso che tutti ci andassero. Zhencheng era più vicina.

«Possiamo portarvi a Dangju. Avete famiglia lì?»

«La mia famiglia non c'è più,» rispose la donna. «Sono morti qui, combattendo contro i Drakka.»

«Mi dispiace.» Kai si sentì impotente e guardò Hikari. «Possiamo portarvi da qualche altra parte, in un posto sicuro.»

«Questo posto è sicuro. I Drakka l'hanno già distrutto. Dubito che torneranno. Lasciami stare, bambina, e fa' ciò che devi.»

«Potete dirmi dov'è Dangju?»

«Andate a est. È sulla costa.»

La donna si allontanò e Kai sospirò. Avrebbe potuto costringerla a venire con loro, ma non le sembrava la cosa giusta da fare. La osservò finché non scomparve dietro i resti di un edificio, poi si rivolse a Hikari.

Dobbiamo fermare Akuhara prima che distrugga un'altra città, ma non possiamo farlo da sole. Abbiamo bisogno degli altri Giurati.

La dragonessa emise un brontolio d'assenso. *Possiamo partire ora, ma che ne facciamo dei Divisi? Arriveranno presto.*

Torneremo sui nostri passi e diremo loro di proseguire per Dangju. Ci metteranno più di noi ad arrivare, ma potranno raggiungerci.

Hikari si abbassò a terra e Kai le salì sulla spalla. Con una potente spinta d'ali, la dragonessa si lanciò in aria. Le rovine di Ikje si estendevano sotto di loro come un macabro arazzo di distruzione. Kai si sporse in avanti, le dita aggrappate alle scaglie di Hikari mentre planavano verso ovest. Non dovettero volare a lungo prima che i Divisi apparissero in vista.

Eccoli, disse Kai, indicando. *Stanno andando a buon ritmo.*

Hikari scese, atterrando molto più avanti in modo da non spaventare i loro cavalli. Kai rimase sul dorso della dragonessa, aspettando che i Divisi si avvicinassero. Ryn guidava il gruppo; smontò da cavallo, porgendo le redini a uno degli altri.

«Cosa c'è che non va?» chiese lui avvicinandosi.

«Ikje non esiste più,» rispose Kai. «Andiamo a Dangju, invece.»

«Non esiste più? Come? Le sue mura non sono mai state violate prima d'ora.»

«Lo so. Con Akuhara a guidarli, i Drakka sono diventati una forza organizzata. Sembra che nulla possa fermarli.» Kai fece una pausa, incerta su come Ryn avrebbe reagito alle sue prossime parole. «Il Maestro Satoshi e alcuni degli altri Giurati sono a Dangju. So che Leitu non ha a cuore l'impero, ma insieme siamo più forti.»

Ryn la fissò in silenzio. Alla fine, annuì. «Non posso garantire che gli altri verranno, ma Leti ho prestato giuramento di lealtà. Andrò dove Leitu andrà.»

«LeiTu ha prestato quel giuramento volontariamente. Non Leti ho chiesto, né Leti chiederò di adempierlo. Ma Leti sarei grata se combattesse al fianco dei Giurati con me. Lo stesso vale per gli altri.» Fece un cenno verso i Divisi che attendevano alle sue spalle.

«Combattiamo come un'unica entità per il bene dei nostri draghi caduti,» disse Ryn. «LaTi incontreremo a Dangju.»

«Grazie. Allora Lati vedrò tra qualche giorno. Che il vostro viaggio sia sicuro.»

Ryn chinò il capo e tornò al suo cavallo. Hikari spiccò di nuovo il volo, dirigendosi questa volta verso est. Il vento sferzava i capelli di Kai e, per un istante, lei si dimenticò del mondo sottostante e si godette la sensazione del volo.

Passarono le ore, scandite solo dal lento movimento del sole nel cielo. I muscoli di Kai erano indolenziti per il lungo volo, ma si rifiutò di lamentarsi. Si concentrò invece sul paesaggio mutevole sottostante, usandolo per distrarsi dalla fatica.

Non ho mai visto questa parte dell'impero prima d'ora, disse a Hikari.

Vedi quella formazione di rocce?

Kai scrutò in basso, notando un'insolita disposizione circolare di massi. *Cos'è?*

Un vecchio terreno di nidificazione. Abbandonato da tempo, ma un tempo casa della mia specie.

Draghi in generale o Antichi?

Antichi.

Kai fissò il luogo con soggezione, ma un velo di tristezza la pervase per la perdita degli Antichi. Hikari era l'ultima. Cosa significava? Sarebbe successo qualcosa al mondo alla morte di Hikari? Sperava che quel giorno non sarebbe arrivato per molti anni, ma quei pensieri la tormentavano comunque.

Nel corso dei due giorni successivi, il paesaggio si trasformò gradualmente. Alte montagne e foreste lussureggianti lasciarono il posto a scogliere rocciose, e il lontano scintillio della costa apparve all'orizzonte. Una raffica di vento si abbatté su di loro, quasi sbalzando via Kai. Lei si strinse al collo di Hikari e si aggrappò più forte.

I venti costieri sono forti, ma siamo sopravvissute a una tempesta. Questo non è niente!

Hikari ruggì e batté le ali con più forza, lottando contro l'aria turbolenta. Le raffiche arrivavano sporadiche, rendendo impossibile un volo stabile. Proseguirono, lasciandosi alle spalle le scogliere e trovando ampie colline che alla fine si appiattirono in pianure erbose. In lontananza, Kai riuscì a scorgere del fumo, ma era troppo debole per provenire da un attacco.

Credo che sia Dangju, disse Kai.

La città apparve alla vista, e la prima cosa che Kai notò fu che le sue difese erano più robuste di quelle di Ikje. Le mura si ergevano alte, costellate di baliste, e dalla sua posizione privilegiata poteva distinguere file di soldati che si muovevano in formazione.

Oltre la città, le acque azzurre della Baia dei Cinque Venti lambivano la riva. Le barche erano ormeggiate nel porto vicino, e il fumo che aveva visto prima si levava dai comignoli sparsi per la città. L'aria era densa dell'odore di sale e pesce, e sentì lo stomaco di Hikari brontolare per la fame.

Risuonò un corno e Kai scrutò le mura della città per vedere diverse baliste girarsi e puntare verso di loro. Kai si raddrizzò e agitò un braccio in aria.

Tieniti forte, disse Hikari.

Gli occhi di Kai si spalancarono quando i soldati lanciarono diversi dardi. Sfrecciarono accanto a loro, mancando il bersaglio per un soffio.

Atterra, presto! lo esortò.

Hikari inclinò le ali e si tuffò verso il suolo. Kai sperava che il loro arrivo non avrebbe incontrato ulteriore ostilità se fossero atterrati fuori dalla città. Toccarono terra vicino alle porte, e una schiera di Giurati volò oltre le mura, circondandoli.

«Fermate le armi», gridò una voce familiare. «È Kai Lin».

4

Il nido cavernoso, nelle profondità della terra, pulsava di vita. Le pareti della camera luccicavano debolmente, striate di venature incandescenti di energia fusa, e l'aria era densa del calore e dell'umidità del sottosuolo. Ai bordi della stanza, grappoli di uova di Drakka giacevano annidati in fosse poco profonde, i loro gusci traslucidi che brillavano debolmente con la promessa della vita. Il suono delle loro deboli e ritmiche pulsazioni si mescolava ai ringhi gutturali dei generali che circondavano Akuhara.

Lei era al centro della camera, con un grezzo tavolo di pietra davanti a sé. Il suo drago stava alle sue spalle, con gli occhi di magma che brillavano nell'oscurità. Akuhara alzò le mani, evocando un vortice di energia oscura che si condensò in una mappa tremolante dell'impero. Catene montuose e fiumi brillavano debolmente, segnati dalle posizioni strategiche che aveva scelto. I generali Drakka si chinarono in avanti, con gli occhi fissi sulla proiezione.

«Xeroth, Kalrek», ringhiò Akuhara nella loro lingua gutturale, la sua voce carica di autorità. I due Drakka più grandi si fecero avanti, le loro forme imponenti che torreggiavano su di lei. «Le vostre forze si divideranno».

Indicò la mappa luminosa, tracciando un percorso verso Dangju. «Xeroth, Lei prenderà metà dell'esercito e si dirigerà a sudest. Raderà al suolo Dangju. Non lascerà superstiti». Il Drakka brontolò in segno di approvazione. «Una volta demolita la città, ci incontreremo qui».

La sua mano si spostò su Zhencheng, la capitale imperiale, dove le luci dell'impero ardevano ancora con aria di sfida. «Kalrek, l'altra metà marcerà con Lei e me verso Zhencheng. Annienteremo il loro cuore e spegneremo la loro speranza».

I generali ringhiarono per l'eccitazione, le loro grida gutturali che si riverberavano nella caverna. Il drago di Akuhara rispecchiò la loro soddisfazione. Lei proiettava sicurezza, ma sotto il suo aspetto autoritario, un'inquietudine rodeva la determinazione di Akuhara.

La resistenza che avevano incontrato era più forte di quanto avesse previsto. Non riusciva a scrollarsi di dosso la sensazione che questi attacchi sarebbero serviti solo a unire l'impero, non a disgregarlo. Dividere le sue forze era rischioso, ma avrebbe protetto i Drakka in viaggio verso la città imperiale con la sua magia, nascondendoli da occhi indiscreti finché non fosse stato troppo tardi per l'imperatore per fermarli.

Mentre i generali se ne andavano a preparare le loro forze, Akuhara indugiò nella caverna. Fissò la mappa tremolante, le dita che sfioravano il contorno luminoso di Zhencheng. Sapeva di percorrere un sentiero pericoloso, ma ogni giorno che passava, la sua presa sul potere si stringeva e i sussurri di paura che seguivano il suo nome si facevano più forti.

Ma c'era una persona la cui voce risuonava ancora chiara nella sua mente: sua sorella. Non poteva dimenticare lo sguardo di trionfo negli occhi di Kai durante la loro ultima battaglia. Akuhara non poteva fare a meno di provare un senso di terrore al pensiero di affrontarla di nuovo.

Il suo drago parlò, mandando in frantumi i suoi pensieri. *I Drakka bramano il sangue. Non potrai controllarli per sempre.*

«Lo so», sussurrò Akuhara. Chiuse gli occhi, espirando lentamente. *Quando l'impero non sarà che cenere, il loro scopo avrà fine. E così anche loro.*

Gli occhi del drago brillarono più intensamente, la sua voce venata di curiosità. *Li distruggeresti? La tua stessa stirpe?*

Akuhara si voltò verso la bestia, con un'espressione dura. *Non sono la mia stirpe. Sono un mezzo per raggiungere un fine.*

Il drago sibilò, ma non aggiunse altro. Akuhara tornò a guardare la mappa. Non si faceva illusioni sulla natura dei Drakka. Erano creature del caos, incapaci di costruire il mondo che lei immaginava. Ma il pensiero di ciò che sarebbe dovuto venire dopo la riempiva di terrore.

La sua voce era un sussurro mentre fissava la mappa tremolante. «L'impero merita di cadere, ma non scambierò una tirannia con un'altra. Quando verrà il momento, troverò un modo per porre fine ai Drakka.»

Il drago ringhiò debolmente alle sue spalle, la sua presenza un costante monito della tempesta che lei aveva scatenato. Lo sguardo di Akuhara rimase fisso sulla mappa, la sua determinazione che si induriva come acciaio. Ormai non si poteva più tornare indietro. Per ricostruire, avrebbe dovuto distruggere ogni cosa, compresi i mostri che l'avevano accolta.

5

Il sollievo pervase Kai mentre fissava Siran. Erano passate solo poche settimane da quando si erano separate, ma la donna appariva trasformata, proprio come Kai si sentiva interiormente. Diede un'occhiata agli altri Giurati e vide Jiro, Ichiro, Kazu e gli altri di Ikje. Fece un cenno del capo a ognuno di loro e si rivolse di nuovo a Siran.

«Le guardie sembrano tese» disse.

«Lo sono. Un esercito di Drakka si sta dirigendo da questa parte proprio mentre parliamo. I nostri esploratori stanno seguendo i loro movimenti.»

«Non ho visto nulla venendo qui. Da che direzione arrivano?»

«Da nord. Saranno qui entro il tramonto.» Siran spostò lo sguardo da Kai a Hikari. «Questa non è la dragonessa della cerimonia.»

«No, non lo è. Lei è Hikari.»

Siran chinò il capo verso la dragonessa. «Il Maestro Satoshi vorrà vedervi. Ha inviato un messaggio a Tatenagawa ma non ha mai ricevuto risposta. Abbiamo temuto il peggio.»

«Sto bene, ma...» Kai serrò la mascella. «Le cose non faranno che peggiorare se non fermiamo i Drakka una volta per tutte.»

«Vieni,» disse Siran. «Ti accompagnerò dal Maestro Satoshi.»

Siran e gli altri Giurati si levarono in volo e superarono le mura. Hikari li seguì e Kai guardò la città dall'alto. Era una metropoli tentacolare, con negozi e mercati brulicanti di gente. I soldati presidiavano le torri di guardia, sorvegliando vigili il paesaggio. Se non avesse saputo come stavano le cose, Kai non avrebbe avuto idea che la città si stesse preparando a un assalto.

Atterrarono fuori da un enorme complesso che fungeva da caserma. Kai scavalcò il fianco di Hikari e saltò a terra.

«La tua dragonessa può trovare cibo e acqua qui,» disse Siran. «Può anche riposare in una qualsiasi delle stalle libere.»

Torno subito, disse Kai a Hikari, passandole una mano lungo il collo della dragonessa. Hikari la strofinò col muso in risposta e Kai si affiancò a Siran. Le strade erano affollate sia di soldati che di civili, ma Siran si fece largo tra la folla con autorità.

«Sei tu al comando dei Giurati?» chiese Kai.

Siran la guardò interrogativa. La sua espressione mutò dalla confusione a un sorriso. «No, non lo sono. Mi piacerebbe comandare un giorno, ammesso che sopravviviamo.»

Kai ricambiò il sorriso, ma non le piacquero le parole cupe di Siran. Dovevano sopravvivere. Erano l'unica difesa dell'impero.

«Hanno fortificato bene la città,» disse Kai. «Ma ci vorrà più che delle mura per respingere i Drakka.»

«Ci siamo preparati e al tempo stesso ci siamo addestrati. Non è stato facile e la maggior parte degli altri non è ancora pronta, ma non abbiamo più tempo. Si stanno muovendo più in fretta di quanto ci aspettassimo.»

«È perché adesso hanno un capo.»

«Che vuoi dire?»

«Lo sai, no? La donna che ha preso la mia dragonessa alla cerimonia è dietro a tutto questo.»

«Tua sorella gemella?»

«Sì. È alleata con i Drakka e li guida. Ecco perché ora sono più organizzati.»

Si avvicinarono a una grandiosa struttura con colonne imponenti e intagli complessi che fondevano il retaggio marziale dell'impero con l'eleganza artistica. Le pesanti porte si aprirono al loro avvicinarsi e Siran prese l'iniziativa, guidando Kai attraverso i corridoi fino a una grande sala dove un gruppo di persone era riunito attorno a un tavolo circolare.

Il Maestro Satoshi alzò lo sguardo, incrociando quello di Kai. Lei chinò il capo verso di lui e disse: «Dobbiamo parlare.»

Lui congedò immediatamente il suo consiglio, Siran inclusa. Una volta che la stanza fu vuota, i due rimasero in silenzio per un lungo momento prima che il Maestro Satoshi parlasse.

«Lei è diversa. Il suo *ki* irradia forza e percepisco una potente aura di magia. Mi racconti tutto.»

Kai obbedì, narrando tutto ciò che le era accaduto da quando aveva lasciato Ikje. Il Maestro Satoshi si accigliò brevemente quando lei menzionò il legame con Hikari, ma per il resto ascoltò attentamente senza parlare. Quando estrasse il Cuore di Fiamma dalla sua borsa di seta, la sua luce pulsante proiettò un bagliore ultraterreno nella stanza. Lo sollevò affinché lui potesse vederlo e il suo mantello si gonfiò da solo.

«Le leggende sono vere,» disse il Maestro Satoshi, con espressione grave. I suoi occhi, solitamente acuti e perspicaci, ora contenevano un misto di stupore e profonda preoccupazione.

«Non credevo che simili artefatti fossero reali. Il potere che Lei brandisce va oltre qualsiasi cosa io abbia mai incontrato in tutti i miei anni. Il vostro legame... è sia un dono che una maledizione.»

«Cosa intende?»

«Il potere ha sempre un prezzo, Kai. E legarsi a un drago antico...» Si interruppe, scuotendo la testa. «È proibito per un motivo. Anche questa gemma e questo mantello portano con sé i loro pericoli. Insieme, fanno di Lei una forza formidabile, ma anche un bersaglio.»

Kai aggrottò la fronte. «Un bersaglio? Per chi?»

«Per coloro che temono un potere che non possono controllare,» rispose cupamente il Maestro Satoshi. «L'imperatore stesso considererebbe questo una minaccia alla sua autorità.»

Il peso delle sue parole le piombò addosso. Le si strinse il petto e deglutì a fatica prima di chiedere: «Cosa succederebbe se l'imperatore lo scoprisse?»

Il Maestro Satoshi abbassò la voce, nonostante non ci fosse nessun altro nella stanza. «Significherebbe morte certa, non solo per Lei e la sua dragonessa, ma per chiunque sappia del vostro legame.»

In fondo, Kai conosceva la risposta prima che lui la confermasse. Strinse le mani a pugno per impedir loro di tremare. «Ma io sto combattendo *per* l'impero. Sradicare i Drakka è la mia unica preoccupazione. Non ho mai voluto mettere nessuno in pericolo. Il mio legame con Hikari... mi sembra giusto, come se fosse destino. Come può qualcosa di così potente, così puro, essere sbagliato?»

«L'imperatore non la vedrà così. La vedrà come una minaccia e agirà di conseguenza. Ecco perché non dovrà mai saperlo.»

«Cosa?» Gli occhi di Kai si spalancarono per la sorpresa.

«Dobbiamo mantenerlo segreto, a qualunque costo,» rispose il Maestro Satoshi.

Kai fece un respiro profondo e sostenne il suo sguardo intenso. Non poteva credere che lui stesse giurando di ingannare l'imperatore. La conosceva a malapena, eppure era disposto a rischiare la sua posizione, e persino la sua vita, per lei.

«Grazie, Maestro. Se posso aiutare a prevenire altro spargimento di sangue, allora sono disposta ad affrontare qualsiasi conseguenza possa derivarne. La prego, non rischi la sua vita per me. Se l'imperatore lo scopre, gli dica che non sapeva nulla.»

«Il suo coraggio è lodevole. Lo ha detto a qualcun altro?»

«No. Liu era l'unica, e...» Kai si interruppe, e il Maestro Satoshi le prese la mano tra le sue.

«Liu era un grande guerriero. È morto per proteggerLa, com'era suo dovere. Il suo sacrificio non sarà dimenticato.»

Kai sapeva che le sue parole erano sincere e annuì. «Siran ha detto che un esercito di Drakka è diretto qui. Cosa posso fare per aiutare?»

«Combatterà, quando giungerà il momento. Abbiamo fatto tutto il possibile per prepararci. Ora, non ci resta che attendere.»

6

Al calar della notte, il bagliore delle torce illuminava la città. Kai si trovava in cima a una delle tante torri di guardia, con lo sguardo rivolto verso la vasta distesa di stelle sopra di lei. L'aria fresca della notte era un gradito sollievo dal caldo, e tirò un sospiro.

«Credi che basterà?» chiese, guardando Siran. Kai si era offerta volontaria per montare di guardia con lei, principalmente perché non riusciva a dormire. Aveva i nervi a fior di pelle e l'attesa di ciò che stava per accadere le teneva la mente in subbuglio.

«Deve bastare,» rispose Siran. «Se cadiamo...»

«Non cadremo,» la interruppe Kai. «Non possiamo. Volevo solo dire... non so. Spero che siamo pronti.»

«Essere pronti è un lusso che di rado ci si può permettere in tempo di guerra, ma siamo pronti quanto più possiamo esserlo.» Rimasero in silenzio per un momento, prima che Siran continuasse. «Perdonami. Non voglio che le mie parole suonino così cupe. Ho visto più morti di quante ne vorrei ricordare, e ce ne saranno altre prima che tutto questo finisca. Mi pesa enormemente.»

«Ti capisco.»

Kai rivolse di nuovo lo sguardo al cielo, tracciando le costellazioni familiari. Il Cacciatore, il Drago, la Corona Imperiale. Risplendevano nitide nei cieli, costanti e immutabili nonostante il caos che fermentava molto al di sotto di loro.

Il suono di un tuono attirò l'attenzione di Kai verso nord. Prima non sembrava dovesse piovere, ma si rese subito conto che non si trattava di una tempesta in avvicinamento. Una massa oscura apparve all'orizzonte, diventando più grande a ogni istante.

Siran scattò in piedi e allertò la città suonando l'enorme campana in cima alla torre. Il suono echeggiò nella notte e le altre torri di guardia si unirono presto all'allarme. Kai osservò la massa avvicinarsi costantemente, le file infinite dei Drakka che facevano tremare la terra stessa.

Sono qui, comunicò Kai a Hikari. *Sto venendo da te.*

Corse giù per le scale della torre, sfrecciando per le strade deserte fino alla caserma. Hikari era già fuori dalla stalla e si abbassò a terra perché Kai potesse salirle in groppa.

«Membri del Giuramento, in sella!» risuonò la voce del Maestro Satoshi.

In un turbine di movimenti, i cavalieri si levarono in cielo, volteggiando sopra la città. Kai e Hikari si unirono a loro, osservando la prima ondata di Drakka infrangersi contro le mura come un maremoto. Le creature si arrampicavano sulla muratura, ma venivano accolte da spade e lance, mentre i soldati sui parapetti le facevano a pezzi e le trafiggevano.

Kai poteva sentire la tensione nel corpo di Hikari, una molla carica in attesa del momento giusto per colpire. Kai le diede una pacca sul collo.

Aspetta il segnale, disse.

L'aria si riempì dei suoni della battaglia. Acciaio che cozzava contro acciaio, urla e i ruggiti dei Drakka si intrecciavano in una cacofonia assordante. Il cuore di Kai martellava nel petto mentre osservava il conflitto dispiegarsi. I soldati combattevano coraggiosamente, ma il numero soverchiante dei Drakka minacciava di travolgerli.

«Difendete le mura!»

Riuscì a malapena a sentire il comando del Maestro Satoshi sopra il vento, e Hikari stava già volando verso le mura prima che Kai si rendesse conto di cosa stesse accadendo. Estrasse la lama e si tenne forte mentre la draghessa scendeva in picchiata, raddrizzandosi all'ultimo secondo per aggrapparsi con gli artigli posteriori alla cima dei bastioni.

Un battito d'ali scatenò una raffica di vento contro i Drakka più vicini, che ruzzolarono all'indietro. Hikari spalancò le fauci e scatenò un torrente di fiamme. Il fuoco illuminò la notte e gli occhi di Kai si spalancarono. Il numero dei Drakka era incalcolabile. L'odore acre di carne bruciata che le giunse alle narici la strappò dal suo torpore, e guardò lungo le mura.

Gli arcieri scoccavano salve di frecce e gli altri soldati combattevano con ogni loro forza. Riuscì a scorgere alcuni volti. I loro occhi erano sbarrati per la paura, ma continuavano a combattere, consapevoli del prezzo del fallimento. Un Drakka scalò le mura, superando la cima e attaccando un giovane soldato.

Senza pensare, Kai balzò giù dalla groppa di Hikari e squarciò la schiena della creatura con la spada. Il Drakka ululò di dolore e furia mentre indietreggiava, dando al soldato il tempo di riprendersi e di lanciare il proprio attacco. Insieme, spinsero la creatura contro il muro, dove Hikari la scaraventò prontamente in aria. Il suo ruggito si spense nel frastuono e il soldato rivolse a Kai un cenno di gratitudine prima di tornare alle mura e colpire altri Drakka.

C'è qualcosa là fuori, disse Hikari.

Che cos'è?

Non ne sono sicura. Sembra un drago, ma è... diverso.

Kai guardò il mare di Drakka, ma nulla spiccava. Poi lo sentì. Un ruggito profondo e risonante che fece vibrare l'aria intorno a lei. In lontananza, emerse una sagoma oscura. Sovrastava i Drakka, più grande e più sinistra di qualsiasi cosa avesse mai visto prima. I suoi occhi ardevano di malevolenza e Kai fu sopraffatta dal terrore.

Rimase immobile, incapace di staccare lo sguardo dalla bestia simile a un drago. Le sue scaglie erano nere come la mezzanotte e sembravano inghiottire la luce circostante. I soldati intorno a lei vacillarono, i loro movimenti rallentarono alla vista della bestia colossale. La paura di Kai fu scacciata da una feroce determinazione che inondò il loro legame.

Dobbiamo fermarla, disse Hikari. *Non c'è nessuno qui abbastanza forte tranne noi.*

Kai non ne era così sicura, ma la fiducia della draghessa le risollevò lo spirito. Annui e risalì in groppa alla draghessa. Un corno risuonò alle sue spalle e Kai si voltò per vedere i Membri del Giuramento radunarsi in formazione.

Tenteranno di attaccarla, disse Kai.

Allora dobbiamo colpire per primi.

Hikari balzò in aria e veleggiò sopra l'esercito dei Drakka, volando dritta verso la bestia mostruosa. Mentre si avvicinavano, Kai estrasse il Cuore di Fiamma dalla sua borsa e lo strinse forte. Pulsava nella sua mano, irradiando un calore che si diffuse attraverso il suo braccio e nel suo petto.

La creatura fissò su di loro i suoi occhi rosso fuoco mentre si avvicinavano, sembrando riconoscere la minaccia che rappresentavano. Si impennò, spiegando le sue enormi ali, e ruggì di nuovo mentre si alzava in volo. Il suono si abbatté su Kai, denso e pesante, come il peso della morte stessa. Hikari sussultò e Kai poté percepire un'increspatura di incertezza nel loro legame.

Hikari virò di lato, schivando un improvviso getto di liquido scuro che la creatura sputò dalle fauci. Questo colpì il suolo sottostante, bruciando indistintamente l'orda di Drakka e la pietra, lasciando il terreno annerito e sfrigolante.

In risposta, Hikari soffiò il suo fuoco, scagliando un getto di fiamme verso la bestia. La vampa ne incontrò le scaglie scure ma, con orrore di Kai, queste lasciarono a malapena un segno, estinguendosi come soffocate da un vento invisibile. Hikari si girò di scatto per evitare un fendente di rappresaglia dei suoi artigli, e lo stomaco di Kai si rivoltò.

Quella creatura non era un drago comune; era qualcosa di più oscuro, qualcosa di corrotto dalla magia. Non potevano limitarsi a bruciarla, avevano bisogno di una strategia.

Dobbiamo allontanarlo dalla città, disse Kai. *Ci darà il tempo di trovare un punto debole.*

Hikari vibrò in segno di assenso e volò verso sud, attirando la bestia affinché la seguisse. Con un ruggito furioso, quella li tallonò come un'ombra di morte. Li raggiunse rapidamente, con una velocità che tradiva le sue dimensioni. Hikari si diresse verso l'alto, salendo sempre più in cielo. La bestia continuò a seguirli e Kai notò un debole bagliore sul suo petto, una luce viola e pulsante che le ricordò un battito cardiaco.

Ho un'idea, disse Kai.

7

Salirono sempre più in alto, con le nuvole che turbinavano nella loro scia. Kai osservò il terreno sotto di sé rimpicciolirsi. L'aria si fece gelida, pungendole il viso, e lei rabbrividì, il suo respiro che usciva in nuvolette di vapore.

Sei pronta? chiese Hikari.

Kai strinse l'elsa della spada, preparandosi.

Sì.

Con un potente colpo d'ali, la dragonessa si librò in un banco di nubi. Quando fu certa che la creatura li avesse persi di vista, Kai lasciò la presa su Hikari. Il vento le sferzava attorno, urlandole nelle orecchie, e il suo mantello si gonfiò, fluttuando come un'ombra proiettata contro il cielo. Sentì il tessuto pulsare della sua strana magia e scivolò nel regno delle ombre. La luce si piegò e si affievolì mentre lei svaniva, entrando in un mondo di oscurità mutevole.

Stava ancora cadendo, ma era come precipitare nell'inchiostro anziché nell'aria. La creatura si avvicinò e, una volta a portata di tiro, Kai tornò di scatto nel regno fisico, riapparendo appena sopra la testa del drago, con la spada levata in alto. I suoi occhi si spalancarono per lo shock alla sua improvvisa apparizione, ma non ebbe il tempo di reagire.

Kai emise un grido feroce mentre cadeva, affondando la lama in profondità nel petto del drago. Colpì la pulsante luce viola, e un icore scuro schizzò fuori, seguito da un'onda d'urto di energia. L'energia si sprigionò dalla bestia, bruciandole la pelle. Lei ignorò il dolore e spinse la spada più a fondo, incrociando lo sguardo della creatura mentre questa torceva la testa per guardarla. Per un breve istante, la bestia ricambiò il suo sguardo, e nei suoi occhi c'era qualcosa di tormentato e perduto.

Con un ruggito gutturale, il drago si divincolò, le ali che sbattevano in modo irregolare mentre precipitava verso terra. Kai mantenne la presa, riversando ogni briciolo di forza nelle braccia, e ruotò la lama. La bestia ebbe un sussulto, il suo ruggito soffocato nel silenzio mentre l'oscurità dentro di essa si placava. Strappò via la lama e si diede una spinta per allontanarsi dalla bestia proprio mentre Hikari le planava sotto, e atterrò bruscamente sul dorso della dragonessa.

Ben fatto, disse Hikari. *Ma la prossima volta, magari qualcosa di un po' meno plateale.*

Kai non poté fare a meno di sorridere alla presa in giro di Hikari. Si voltarono di nuovo verso la città, e Kai vide che i Drakka stavano per fare breccia nelle mura. I Giurati e i loro draghi cercavano di respingerli, ma l'orda di creature era infinita e la loro linea di difesa era disseminata di varchi dove i soldati erano caduti.

Portami il più vicino possibile ai Drakka.

Un altro piano? chiese Hikari.

Sì, ma meno plateale dell'ultimo.

Hikari scese fino a planare a pochi metri da dove i Drakka erano ammassati fuori dalle mura. Kai attinse al potere del Cuore di Fiamma e lo diresse verso il terreno, creando una barriera di fuoco. Il calore incenerì i Drakka, costringendoli a ritirarsi. Era solo una tregua temporanea, ma diede ai Giurati il tempo di sgomberare le mura e riorganizzarsi. Hikari atterrò dietro la barriera mentre questa iniziava a svanire.

Sono così tanti, disse Kai, fissando le legioni di Drakka.

Hikari emise un'ondata di fuoco dalle sue fauci, incenerendo i nemici più vicini a loro.

Non è abbastanza. Dobbiamo fare di più.

Sono aperta a suggerimenti, rimbombò Hikari.

Kai sentiva gli anziani del passato che la guidavano. Chiuse gli occhi e fece un respiro profondo, incanalando l'energia del Cuore. Contemporaneamente, attinse alle ombre del mantello, intrecciando le due cose insieme.

Scatena di nuovo le tue fiamme.

Hikari soffiò il suo fuoco, potenziato dal Cuore, e Kai rilasciò un'ondata di energia d'ombra. Le due forze si scontrarono a mezz'aria, intrecciandosi in un'affascinante danza di luce e oscurità.

L'esplosione che ne risultò fu catastrofica. Un'ondata di calore bruciante e di oscurità cupa si abbatté sul campo di battaglia, inghiottendo una vasta fetta delle forze Drakka. Le loro urla agonizzanti furono stroncate mentre il devastante attacco li consumava.

Mentre il fumo si diradava, Kai udì sussulti e mormorii di stupore dai Giurati sulle mura. Scorse Jiro, con gli occhi sgranati per l'incredulità. Kai si concesse un piccolo sorriso, sebbene il cuore le martellasse nel petto per lo sforzo dell'attacco.

L'effetto sui Drakka fu immediato e profondo. I loro ranghi ordinati si dissolsero nel caos mentre i sopravvissuti si affrettavano a riorganizzarsi. Kai osservò con cupa soddisfazione interi battaglioni voltare le spalle e fuggire, la loro volontà di combattere in frantumi.

«Si stanno ritirando» gridò qualcuno.

Le forze Drakka erano in piena ritirata, i loro numeri che diminuivano a ogni istante. I Giurati, incoraggiati da questa svolta degli eventi, sfruttarono il loro vantaggio, spingendo il nemico sempre più lontano dalle mura della città. La vittoria era a portata di mano, ma Kai provava un profondo dolore. Erano state perse così tante vite, sia di Drakka che di uomini, e sapeva che il costo di questa battaglia si sarebbe fatto sentire per le generazioni a venire.

L'adrenalina che l'aveva alimentata durante la battaglia stava svanendo, lasciando dietro di sé una stanchezza profonda che minacciava di sopraffarla. Kai si accasciò in avanti contro Hikari, i muscoli che le urlavano.

Hai bisogno di riposare, disse Hikari.

Non abbiamo ancora finito. Se abbassiamo la guardia... la sua voce si spense, troppo stanca per finire il pensiero.

Ti sei spinta al limite, rispose la dragonessa, con un tono preoccupato. *Riposa, anche solo per un momento.*

«Kai?»

Si voltò e vide Jiro e Ichiro. L'avevano raggiunta sul campo di battaglia, e i loro draghi osservavano Hikari con curiosità.

«È stato incredibile» disse Ichiro, eccitato.

Jiro guardò suo fratello con le sopracciglia alzate. «Io lo definirei terrificante.»

Kai sorrise, finché non si rese conto che Jiro era serio.

«Pensavo che stessimo per perdere le mura» continuò Ichiro, «ma tu e la tua dragonessa avete ribaltato le sorti!»

Kai si raddrizzò, lottando contro la fatica. «Ognuno di noi ha avuto un ruolo in questa vittoria» disse a bassa voce.

«Vero, ma voi due avete fatto la differenza. Il modo in cui hai brandito la magia, come tu e la tua dragonessa vi muovete all'unisono... è stato come vedere una leggenda prendere vita.»

Kai sentì un calore nel petto che non aveva nulla a che fare con il potere del Cuore di Fiamma.

«Sei pallida» disse Jiro. «Dovresti riposare un po'.»

Con un ultimo sguardo al campo di battaglia, Kai annuì.

51

8

L'alba trovò Kai immobile in cima alle mura, a scrutare il paesaggio carbonizzato. L'odore di fumo aleggiava ancora nell'aria, e lei arricciò il naso. La sua armatura, un tempo scintillante, ora portava le cicatrici della battaglia. La sua lama, tuttavia, era rimasta affilata e scura come quando l'aveva ricevuta.

Il Maestro Satoshi la raggiunse, con un'espressione solenne. «Ha combattuto bene ieri notte.»

Kai chinò il capo. «Grazie, Maestro. Vorrei solo aver potuto fare di più.»

Un trambusto ai margini del campo di battaglia attirò la loro attenzione. Un cavaliere solitario si avvicinava a rotta di collo, con i fianchi del cavallo coperti di schiuma di sudore.

«Un messaggero,» mormorò il Maestro Satoshi, aggrottando le sopracciglia.

Kai lanciò un'occhiata agli altri Giurati che si erano radunati lì vicino, notando il contrarsi delle mascelle e il sottile mutare delle posture. Anche loro avevano intuito che il loro sudato trionfo sarebbe potuto essere di breve durata. I cancelli furono aperti per il cavaliere, e Kai seguì il Maestro Satoshi giù nel cortile, con il cuore che le martellava nel petto. Che l'imperatore avesse saputo del suo legame con Hikari?

La voce del messaggero tremava mentre consegnava la notizia, ogni parola un colpo di martello. «Zhencheng è sotto assedio. Un'imponente forza di Drakka è calata senza preavviso. Le difese della città sono sopraffatte.»

Un sussulto collettivo si propagò tra i presenti. Il sangue si gelò nelle vene a Kai, con la mente sconvolta dalle implicazioni. Zhencheng era il cuore dell'impero.

«Come è possibile?» chiese il Maestro Satoshi, più a sé stesso che al messaggero. Poi, ebbe un'illuminazione. «L'attacco qui era un diversivo.»

«Un diversivo? Perché i Drakka avrebbero dovuto mandare una forza così numerosa qui per un diversivo?» chiese Kai.

«Per distogliere la nostra attenzione dal loro vero obiettivo.»

Le parole di Akuhara le tornarono in mente. *L'impero si sgretolerà, e al suo posto ci sarà qualcosa di nuovo, qualcosa di migliore.*

«Cerca di uccidere l'imperatore,» disse Kai.

«Così parrebbe,» rispose il Maestro Satoshi. «E noi non possiamo permetterlo.»

Iniziò immediatamente a impartire ordini e, ben presto, Kai si ritrovò sola. Il potere che condivideva con Hikari avrebbe potuto salvare Zhencheng, e l'imperatore, ma usarlo significava rischiare di svelare il suo segreto. Il Maestro Satoshi era stato chiaro: l'imperatore l'avrebbe uccisa per aver infranto la legge. Salvare degli innocenti valeva le conseguenze?

Kai pensava di sì. E anche Hikari, a giudicare dall'approvazione che sentiva fluire attraverso il loro legame. Si diresse verso le stalle, dove i suoi compagni Giurati erano già al lavoro per prepararsi a partire. Nell'aria aleggiava un'energia nervosa, mentre i draghi sbuffavano e si muovevano irrequieti, percependo l'urgenza.

«Puoi passarmi quell'unguento?» chiese Siran, indicando uno dei barattoli allineati su una serie di scaffali dietro di lei. Kai obbedì e Siran applicò l'unguento su uno squarcio sul fianco del suo drago.

«Come sta?»

«È forte, ma questa battaglia l'ha messo a dura prova. Temo ciò che affronteremo a Zhencheng, specialmente con così poco riposo.»

Intorno a loro, i Giurati lavoravano con efficienza. Indossavano le armature, preparavano le provviste e radunavano le armi. Eppure, sotto quel trambusto, Kai percepiva una corrente sotterranea di paura, non solo per loro stessi, ma per il destino dell'impero.

«Credi che arriveremo in tempo?» chiese Ichiro, il suo volto solitamente gioviale segnato dalla preoccupazione mentre stringeva la sella del suo drago.

Kai incrociò il suo sguardo, sforzandosi di sorridere. «Dobbiamo provarci.» Si allontanò da loro, cercando un momento di solitudine in mezzo ai preparativi frenetici. Andò al box dove riposava Hikari, le sue scaglie dorate che brillavano sotto la luce del giorno che filtrava dal lucernario. La draghessa sollevò la testa, i suoi occhi che incontravano quelli di Kai.

Ho paura, ammise Kai, lasciandosi cadere a terra accanto a Hikari.

Paura di cosa?

Di non riuscire a sconfiggerla.

La draghessa vibrò sommessamente in risposta, un'ondata di calore e rassicurazione che le attraversò il legame.

La sconfiggeremo insieme, disse Hikari. *Abbiamo superato molte sfide, e prevarremo anche su Akuhara. Tu sei più forte di quanto credi, e il tuo cuore è puro.*

Kai trasse forza dalle sue parole e annuì senza parlare. Rifletté sul sentiero che l'aveva condotta a quel momento. Tutto ciò che aveva affrontato l'aveva resa la persona che era. Hikari aveva ragione, era più forte di quanto pensasse. La voce autoritaria del Maestro Satoshi fendette l'aria, richiamando l'attenzione dei Giurati.

«Radunatevi,» disse.

Kai si unì agli altri, formando un cerchio stretto attorno al loro capo.

«Voliamo nel cuore del caos contro un nemico che ci sovrasta di numero.» Fece una pausa, lasciando che la gravità delle sue parole attecchisse. «La nostra missione è aiutare l'esercito imperiale a difendere Zhencheng. Se non riusciremo a respingere i Drakka, allora dovremo portare in salvo l'imperatore.»

La mente di Kai evocò immagini della capitale sotto assedio, di nobili e popolani che giacevano morti per le strade.

«Maestro,» intervenne Jiro, riportandola al presente. «Come possiamo sperare di riuscirci? Anche se portassimo l'imperatore in salvo, quanto durerebbe prima che i Drakka tornino a cercarlo? Non abbandoneranno l'inseguimento.»

Lo sguardo del Maestro Satoshi si indurì. «Noi siamo i Giurati. La nostra forza non risiede nei numeri, ma nella nostra unità, nella nostra determinazione. Resisteremo come un sol uomo contro questa marea di oscurità, e ho fede che ne usciremo vincitori.»

Un mormorio di assenso si propagò nel cerchio.

«Avremo bisogno di ogni Giurato e drago a nostra disposizione, il che mi costringe a una richiesta particolare. Alcuni di noi sono caduti in battaglia ieri notte e, sebbene i loro draghi siano in lutto, abbiamo bisogno di soldati che possano comandare il loro potere con efficacia. Ho fiducia in ognuno di voi, e perciò mi affido a voi per darmi delle opzioni. Chi pensate sia all'altezza del compito?»

Kai si schiarì la gola. «Conosco alcune persone.»

9

La formazione dei Giurati fendeva il cielo come una freccia, sfrecciando verso Zhencheng. Il paesaggio si estendeva sotto di loro, uno spettacolo mozzafiato di innumerevoli tonalità che si fondevano insieme come un tappeto intessuto. Le montagne incombevano, con le cime che sparivano tra le nuvole, e le valli accoglievano fiumi che scorrevano come serpenti sulla terra. Il cuore di Kai si gonfiò mentre contemplava la bellezza della sua terra natia.

Il vento le sferzava i capelli e le tirava i vestiti, ma la cosa non la infastidiva. Chiuse gli occhi e allargò le braccia, godendosi la libertà che provava. Nel cielo non c'erano preoccupazioni, né paure o dubbi a tormentarle la mente. C'erano solo il sibilo del vento e il battito d'ali di Hikari.

Volarono per gran parte della mattinata e, quando il sole raggiunse lo zenit, il Maestro Satoshi ordinò loro di atterrare. Il gruppo scese ai margini di una fitta area boschiva e Kai smontò di sella, sgranchendosi le gambe.

«Prendetevi un po' di tempo per mangiare e riposare» disse il Maestro Satoshi. «Riprenderemo a breve.»

Kai trovò strano che non avesse ordinato a nessuno di fare la guardia, ma decise che i Drakka sarebbero stati folli a tentare un'imboscata senza una forza considerevole. Non aveva visto alcun segno della loro presenza dal cielo e suppose che fosse perché erano concentrati sull'assalto alla capitale. Ryn le si avvicinò e chinò il capo in segno di rispetto.

«Ti sono di nuovo debitore» disse lui.

«Non pensavo che avresti accettato» replicò Kai. «Considerati i tuoi sentimenti per l'impero, intendo.»

Ryn guardò oltre lei, verso gli alberi, e si strinse nelle spalle. «Darei qualsiasi cosa per riavere il mio drago. Questa è la cosa più vicina a cui potrò mai arrivare, quindi era difficile rifiutare.»

«Capisco. E gli altri?» Annuì in direzione degli altri Lacerati, che si tenevano separati dai Giurati.

«La pensano allo stesso modo. Siamo stati da soli per molti anni e non è facile tornare tra coloro la cui lealtà è rivolta all'impero. Ma noi non seguiamo loro. Seguiamo te.»

«So che la pensi così, ma non sono io la Consanguinea» disse Kai a bassa voce.

«Forse non porti il titolo, ma ne porti lo spirito. Infondi speranza dove non ce n'è, e il tuo potere è più grande di quello di qualsiasi cavaliere che io abbia mai visto. A me basta.»

Kai fu umilmente colpita dalle sue parole. Prima che potesse rispondere, gli occhi di Ryn si spalancarono.

«Drakka!»

Kai si girò di scatto e sguainò la spada, scrutando tra gli alberi con lo sguardo. «Dove? Non vedo niente.»

«Si stanno muovendo. Dobbiamo fermarli prima che allertino gli altri.»

Kai corse nel bosco, serpeggiando tra gli alberi. Non dovette andare lontano prima di scorgere delle sagome scure che si muovevano nel sottobosco. Seguendole, sbucò da un cespuglio, trovandosi faccia a faccia con un esploratore Drakka. Senza esitazione, roteò la lama. Il Drakka parò il colpo e ringhiò, con gli occhi pieni di malizia.

Scivolando nelle ombre grazie al potere del suo mantello, Kai svanì dalla vista e riapparve alle spalle della creatura confusa, affondandole la lama nella schiena. Quella emise un gorgoglio e cadde in ginocchio. Mettendogli un piede lungo la spina dorsale, Kai estrasse la spada e il Drakka crollò a faccia in giù sul terreno. Siran e Jiro erano a pochi passi di distanza e la fissavano.

«Perché state lì impalati? Ce ne sono altri. Sbrigatevi!»

Kai corse nella direzione in cui erano fuggiti gli altri Drakka, e Siran e Jiro la raggiunsero. I tre si misero all'inseguimento dei Drakka, con i passi che martellavano sul suolo della foresta. I rami sferzavano i loro volti e le loro braccia, ma superarono il dolore pungente, determinati a catturare gli esploratori prima che allertassero una forza più grande.

Inseguirono i Drakka più a fondo nel bosco, e il sottobosco si faceva più denso man mano che procedevano. Le creature si muovevano rapide, ma erano ostacolate dalla fitta boscaglia. Dopo una curva, Kai si fermò di colpo, allungando un braccio per fermare Siran e Jiro dietro di lei. Tra gli alberi, poteva vedere una piccola radura dove un gruppo di Drakka si era radunato, le loro scaglie verde scuro che si confondevano con i colori della foresta. Sembravano essere nel mezzo di un'accesa discussione, con i loro ringhi e sibili che riempivano l'aria.

Kai si accovacciò, facendo segno ai suoi compagni di fare lo stesso. Sapeva che non potevano affrontare un gruppo di Drakka di quelle dimensioni da soli. Avevano bisogno di un piano.

Dove sei? chiese Kai a Hikari.

Sto volando sopra gli alberi, ma non riesco a vedere nulla attraverso il fogliame. Che sta succedendo?

Kai inviò un'immagine di ciò che vedeva al drago, ma Hikari inondò il legame solo con la sua confusione. Un ramoscello si spezzò dietro di loro e i Drakka si voltarono nella loro direzione. Kai si girò di scatto per vedere Ichiro. Le fece un cenno col capo prima che un fischio riempisse l'aria e una freccia lo colpisse al petto. Barcollò all'indietro per la forza del colpo e crollò a terra.

«Ichiro!» Jiro si precipitò al fianco del fratello.

Il fragore della battaglia riempì l'aria, e Kai si rigirò verso la radura per vedere Ryn e gli altri Lacerati combattere contro i Drakka. Siran si lanciò nella radura, con la spada che lampeggiava mentre si univa alla mischia.

Kai si arrampicò fino a Ichiro. La freccia lo aveva colpito perfettamente in una fessura della sua armatura. Il sangue sgorgava dalla ferita, e Kai vi premette sopra la mano per fermare il flusso. Ichiro gemette di dolore e Jiro cullò la testa del fratello in grembo.

«Resta sveglio» lo esortò.

«Dobbiamo portarlo via da qui. Il Maestro Satoshi saprà cosa fare. Puoi aiutarmi a portarlo?»

Jiro annuì e si alzò in piedi. Kai lo afferrò per le gambe e Jiro per le braccia, e insieme lo trasportarono fuori dal bosco. L'accampamento era in massima allerta, e i Giurati erano appostati su tutti i lati, con le armi sguainate e pronte.

Il Maestro Satoshi li vide mentre uscivano dagli alberi e chiamò un medico. Kai e Jiro adagiarono delicatamente Ichiro, e il medico prese il loro posto, esaminando la ferita. Senza spiegare nulla, Kai corse di nuovo nel bosco, diretta alla radura. Quando tornò, i Drakka stavano usando il loro potere sulla terra, evocando radici dal terreno per attaccare i Lacerati.

Ryn e i suoi uomini avevano esaurito le forze e stavano iniziando a perdere terreno. Kai usò il suo mantello per svanire nel regno delle ombre, muovendosi tra gli alberi come un fantasma e uccidendo un Drakka dopo l'altro. I Lacerati rinnovarono il loro attacco e presto l'intero gruppo di creature fu sterminato.

«Sono tutti?» chiese Kai dopo essere tornata nel mondo fisico.

Ryn inclinò la testa di lato come se stesse ascoltando qualcosa, poi annuì. «Non ne sento altri. Credo che li abbiamo uccisi tutti.»

Kai pulì la spada su uno dei corpi e la rinfoderò. «Bene. Qualcuno ha subito una ferita?»

«No. Siamo stati fortunati.»

«Sono sicura che la fortuna non c'entri nulla» rispose lei, sorridendo. «Siete tutti guerrieri abili.»

Ryn chinò il capo verso di lei. Camminarono insieme nel bosco e, quando tornarono all'accampamento, molti dei Giurati lanciarono a Kai sguardi curiosi. Lei si avvicinò al Maestro Satoshi.

«Come sta Ichiro?» chiese.

«Sopravviverà, anche se non sarà in grado di combattere. Il suo drago lo riporterà a Dangju.»

Un'ondata di sollievo pervase Kai. «È una notizia fantastica. Perché... tutti mi fissano?»

«La voce delle sue imprese nel bosco si sta spargendo.»

«Adesso hanno paura di me, non è vero?»

«La paura nasce spesso dalla mancanza di comprensione» disse il Maestro Satoshi, posandole una mano confortante sulla spalla. «Il suo segreto è al sicuro, non si preoccupi. Farò in modo che sappiano che non è diversa da qualsiasi altro Giurato.»

«Grazie, Maestro» sussurrò lei.

«Mangi qualcosa e si prepari. Dobbiamo proseguire.»

Il viaggio riprese e volarono fino a notte, accampandosi su un altopiano tra le montagne. La sfinimento di Kai le concesse la prima notte intera di riposo che provava da giorni. Poco prima dell'alba, il Maestro Satoshi li svegliò tutti, offrendo loro riso al vapore per colazione prima di ordinare che si rimettessero in marcia.

Volarono per diverse ore e, mentre Zhencheng appariva all'orizzonte, un'improvvisa raffica di vento li sferzò, facendo oscillare pericolosamente i draghi. La presa di Kai su Hikari si fece più salda mentre stringeva gli occhi per guardare avanti.

C'è qualcosa che non va, disse al suo drago. *Non è naturale.*

Non appena le parole ebbero lasciato la sua mente, un muro di nubi vorticose si materializzò davanti a loro, crepitando di fulmini viola. La tempesta era apparsa dal nulla, la sua intensità ricordava a Kai quella che aveva flagellato Ikje prima della Cerimonia dei Giuramenti.

Magia dei Drakka, disse Hikari. *La sento.*

Kai sapeva che non potevano tornare indietro, non così vicino alla meta. Attingendo al loro legame, tese i propri sensi, sondando la tempesta magica.

Credo di poterci guidare attraverso, disse. *Portaci dal Maestro Satoshi.*

Il drago accelerò, portandoli in testa alla formazione.

«Mi lasci prendere il comando!» gridò, cercando di farsi sentire sopra il vento. «Dica loro di seguirmi!»

Il Maestro Satoshi annuì, facendole cenno di proseguire. Hikari si mise in testa e i Giurati presero posizione dietro di loro. Kai chiuse gli occhi, concentrandosi sul flusso e riflusso delle energie magiche che li circondavano. *Lo senti?* chiese al drago.

Sì. Il percorso è infido, ma non impossibile da superare.

Con un respiro profondo, Kai aprì gli occhi e spronò Hikari, tuffandosi nel cuore della tempesta. I fulmini crepitavano intorno a loro, il vento minacciava di strapparli dal cielo. Ma Kai rimase concentrata, guidando il gruppo attraverso il maelstrom con una combinazione di istinto e delle sue abilità magiche.

A sinistra! disse, e Hikari virò bruscamente, evitando per un pelo un tentacolo di fulmine viola. *Ora su!*

Per quella che parve un'eternità, navigarono nella tempesta magica finché, finalmente, con un ultimo scatto, emersero dall'altra parte, mentre il maltempo si dissipava alle loro spalle. Tra i Giurati scoppiarono grida di giubilo quando si resero conto di aver superato la tempesta. Il Maestro Satoshi riprese il comando. Le lanciò un'occhiata, con le labbra increspate in un piccolo sorriso soddisfatto. C'era qualcosa di profondamente personale in esso, come se quell'orgoglio fosse sbocciato non per gli occhi altrui, ma solo per i suoi.

Kai gli fece un cenno di rimando, il petto stretto da un misto di euforia e inquietudine. Sapeva che i suoi poteri stavano crescendo, ma a quale prezzo?

Il paesaggio sottostante divenne desolato. Terra bruciata e villaggi abbandonati raccontavano la storia dell'avanzata dei Drakka. L'umore di Kai si fece cupo. Le terre un tempo verdeggianti che circondavano la capitale erano ora una desolazione e, in lontananza, poteva vedere il debole bagliore di incendi.

Quanti innocenti hanno già sofferto? si chiese.

La presenza rassicurante di Hikari le riempì la mente. *Li vendicheremo.*

In lontananza, le imponenti mura di Zhencheng divennero finalmente visibili, ma invece di essere un faro di speranza, si ergevano ora come ultimo baluardo contro l'oscurità incombente. La presenza dell'orda Drakka era inconfondibile, le loro macchine da guerra e la loro magia oscura erano una piaga sulla terra. Kai deglutì a fatica, preparandosi alla battaglia imminente.

Se cadremo... la sua voce si spense.

Se cadremo, lo faremo in un tripudio di gloria, disse Hikari.

10

La grande città di Zhencheng si ergeva davanti ad Akuhara, come una brace ostinata che si rifiutava di spegnersi. Le sue alte mura erano irte di soldati imperiali e i Giurati volavano sopra di essa. Persino dal crinale su cui si trovava, poteva vedere i vessilli dell'imperatore sventolare con aria di sfida nel vento, i loro fili dorati che brillavano alla luce.

Le sue forze erano radunate più in basso, una massa ribollente di Drakka che riempiva l'aria con i loro ringhi e ruggiti. Li aveva convocati tutti, fino all'ultimo, dai cuccioli più piccoli ai guerrieri più potenti. Questo doveva essere il suo attacco finale, il colpo di grazia che avrebbe annientato l'impero una volta per tutte. Eppure, stringeva i pugni per la rabbia.

Dangju. Il nome le bruciava nella mente come un marchio a fuoco. Quando le era giunta la notizia della sconfitta dei Drakka, aveva urlato per la rabbia e la frustrazione. Una città che avrebbe dovuto essere ridotta in cenere era ancora in piedi, grazie all'intervento di sua sorella.

Kai.

Akuhara si voltò di scatto, ribollendo di furia mentre entrava nella sua tenda. Lo spazio era illuminato da un braciere che ardeva vivacemente, la cui luce proiettava ombre sulle mappe e sui piani di battaglia sparsi sul tavolo. Il suo drago la seguì, infilando la testa attraverso i lembi della tenda, con gli occhi di fuoco liquido che brillavano di curiosità e preoccupazione.

«Lasci che la rabbia ti consumi», disse, la sua voce un basso brontolio.

«Silenzio», sbottò Akuhara, sbattendo le mani sul tavolo. Il respiro le usciva in brevi e furiose raffiche mentre fissava la mappa di Zhencheng. I suoi artigli di magia oscura tracciarono le difese della città, cercando debolezze, qualsiasi crepa da poter sfruttare.

«È qui», disse infine Akuhara, con la voce che tremava per un misto di rabbia e qualcosa che non voleva ammettere. Paura. *«Kai ha portato altri Giurati a difendere la città. È diventata più forte. Troppo forte»*.

Il drago si avvicinò, la sua testa massiccia così vicina che lei poteva sentire il suo respiro. *«L'hai già affrontata. Puoi affrontarla di nuovo. E questa volta la sconfiggerai».*

Akuhara scosse la testa, le mani che si stringevano a pugno. *«Adesso è diversa. Ogni volta, diventa più di quanto mi aspetti. Più di quanto io possa superare. Ha un drago antico, e ora ha il Cuore di Fiamma e quel mantello. Come dovrei fermarla?».*

Gli occhi di fuoco liquido del drago si strinsero. *«Tu hai un'intera orde al tuo comando. Hai me. Lei è una sola».*

«Non è solo una!» gridò Akuhara ad alta voce, sbattendo il pugno contro il tavolo con forza sufficiente a incrinarne il legno. Prese un respiro affannoso, le spalle che le tremavano. *«È fatta della mia stessa pasta. E non si fermerà finché non avrà vinto».*

Il silenzio aleggiava nell'aria, denso e soffocante. Akuhara si voltò, lo sguardo perso verso il fondo della tenda. Fuori, i ruggiti dei Drakka echeggiavano nell'accampamento, la loro sete di sangue era palpabile. Sapeva di poterli scatenare, lasciare che travolgessero la città in una marea di fuoco e distruzione. Ma non sarebbe caduto solo l'impero. Sarebbe caduto tutto. Forse anche lei.

«Devo porre fine a tutto questo», sussurrò Akuhara, la voce appena udibile. «Niente più ritirate. Niente più attese. Zhencheng deve bruciare».

Il suo drago brontolò in segno di assenso, ma c'era una nota di cautela nel suo tono. *«Allora devi farti forza. Lei non mostrerà pietà. E nemmeno tu potrai farlo».*

Akuhara si raddrizzò, la sua espressione indurita in una maschera di risolutezza. Uscì dalla tenda, la mente sconvolta dal dubbio e dalla paura, ma li seppellì in profondità sotto il peso della sua rabbia. Se doveva affrontare di nuovo Kai, sarebbe stato alle sue condizioni. E questa volta, non avrebbe vacillato.

Proiettò magicamente la sua voce, il tono freddo e inflessibile.

«Attaccate!»

11

L'odore di fumo punse le narici di Kai mentre sorvolavano in cerchio la città imperiale. I tamburi di guerra riverberavano nell'aria, mescolandosi ai ruggiti gutturali dei Drakka: una marea implacabile che si estendeva a perdita d'occhio. Le loro forme massicce trasformavano la terra in un fetido pantano, distruggendo ogni cosa al loro passaggio.

I soldati imperiali stavano in cima alle mura, i volti pallidi ma le armi salde. Gli arcieri scoccavano raffiche di frecce, sebbene molte non facessero presa sulle spesse pelli corazzate dei Drakka. Le macchine d'assedio lanciavano pece infuocata e calderoni d'olio bollente venivano versati sugli assalitori, ma la massa soverchiante del nemico non diminuiva. Per ogni Drakka che cadeva, una dozzina si faceva avanti, arrampicandosi sui cadaveri dei propri simili nella loro fame insaziabile di fare breccia nella città.

E da qualche parte là fuori, Kai lo sapeva, c'era sua sorella. Osservava il tutto con un'espressione cupa, la speranza che lentamente lasciava il posto alla disperazione.

Come possiamo sperare di respingere una simile marea? chiese lei.

Non abbiamo altra scelta che riuscirci, rispose Hikari.

Il Maestro Satoshi tornò dopo aver parlato con l'imperatore, il suo drago che volava al centro della loro formazione. Gridò per farsi sentire al di sopra del frastuono, la sua voce che fendeva il caos.

«L'imperatore ci ha dato un ultimo ordine: dobbiamo sfondare le linee dei Drakka e tagliare la testa al serpente.» Mentre parlava, guardò Kai. «Dobbiamo attirarla allo scoperto e sconfiggerla con ogni mezzo necessario.»

Kai conosceva il vero significato delle sue parole: era suo il compito di fermare Akuhara. Fece un silenzioso cenno d'assenso. Avevano già combattuto una volta e, sebbene Kai avesse vinto, il potere di sua sorella non era da sottovalutare.

Hai qualche idea su come trovarla? chiese Hikari.

Kai scrutò le file dei Drakka, ma non c'era traccia di Akuhara. *Dobbiamo fare qualcosa per attirare la sua attenzione.*

«Avrò bisogno dei Lacerati», disse Kai al Maestro Satoshi.

«Prenda chi Le serve. Il resto di noi farà il possibile per tenere i Drakka lontani dalle mura.»

Kai fece un cenno a Ryn, e Hikari scese dal cielo, rilasciando un torrente di fiamme che si aprì un varco tra i Drakka, incenerendone dozzine con un solo soffio. Dietro di lei, seguivano i Lacerati. Ryn guidava i suoi uomini su un drago nero come la notte, colpendo come un oscuro presagio di morte. I Lacerati volavano in una formazione serrata, le lame che lampeggiavano e la magia che crepitava mentre si tuffavano nella mischia.

Kai si aggrappò alla sella di Hikari, i capelli sferzati dal vento mentre si lanciavano in picchiata verso un gruppo di Drakka. Con un grido silenzioso, scatenò il Cuore di Fiamma, l'artefatto che divampò nella sua stretta. Un'onda d'urto infuocata eruttò, sparpagliando le creature come foglie in una tempesta. Ma le creature erano implacabili e Hikari virò verso l'alto mentre i Drakka sciamavano verso di loro, i loro artigli che fendevano l'aria.

Kai cercò sua sorella, ma non si vedeva da nessuna parte. I suoi occhi si strinsero quando vide un Drakka enorme — una creatura grande il doppio dei suoi simili — caricare verso la porta esterna della città. La sua carne splendeva come ossidiana e una corona di corna contorte adornava la sua testa.

Non so cosa sia, ma non può essere nulla di buono, disse Kai.

Dovremmo provare a fermarlo? chiese Hikari.

Kai esitò. *No. Dobbiamo trovare Akuhara.*

Hikari si librò più in alto nel cielo pieno di fumo, le ali che battevano con colpi potenti mentre i suoni della battaglia sottostante si affievolivano. Kai scrutò il campo di battaglia, ma Akuhara non era ancora in vista.

Abbiamo bisogno di un diversivo abbastanza grande da attirare fuori Akuhara. Qualcosa che non possa ignorare.

Prima che potesse decidere cosa potesse essere, notò che i Drakka si stavano ammassando su un lato delle mura. Non era caos, era un movimento coordinato, quasi come se...

Il cuore le si strinse in una morsa quando la vide: una breccia nel muro. I Drakka si riversavano attraverso come acqua da una diga rotta. «No», sussurrò, la mente che correva. Non potevano perdere la città. Kai prese una decisione in una frazione di secondo.

Portami laggiù, disse a Hikari, stringendo forte il drago mentre scendevano in una picchiata a spirale verso il muro. Atterrarono in mezzo all'orda di Drakka, e Hikari emise un ruggito assordante. I Drakka vacillarono per un istante e Kai non perse tempo a incanalare il Cuore di Fiamma, scatenando un'ondata di fuoco che consumò i nemici più vicini in un inferno.

Hikari soffiò le proprie fiamme e, con un ringhio primordiale, Kai protese le mani in avanti, guidando il fuoco verso le fiamme del suo drago. I due flussi si fusero, crescendo, contorcendosi, finché un'enorme muraglia di calore bruciante eruttò davanti a loro.

L'avanzata dei Drakka si arrestò bruscamente, le loro grida di guerra che si trasformarono in urla di confusione e dolore. La barriera di fuoco si estendeva attraverso la breccia, una cortina impenetrabile di arancione e oro scintillante. Le braccia di Kai tremavano per lo sforzo di mantenere l'incantesimo. Stava guadagnando tempo per sigillare la breccia, ma sapeva che non sarebbe stato sufficiente.

Il suo sguardo percorse le mura, osservando le difese martoriate, i soldati esausti e il nemico implacabile che ancora premeva contro la sua barriera infuocata. Un improvviso ruggito da gelare le ossa echeggiò nel caos.

Il cuore di Kai perse un battito mentre si voltava per vedere l'enorme Drakka d'ossidiana caricare verso di loro, le sue corna che brillavano alla luce del fuoco. Gli altri Drakka nelle vicinanze sembrarono aprirsi come un mare oscuro, facendo strada alla formidabile creatura. I suoi occhi si fissarono su Kai e un brivido le percorse la schiena. Questo Drakka non era una bestia comune; emanava un'aura di potere e malevolenza che fece vacillare persino Hikari per un momento.

Proprio quando sentì le forze venirle meno, Ryn e gli altri Lacerati si unirono alla mischia, attaccando l'enorme Drakka. I loro draghi scatenarono torrenti di fiamma, fulmini e ghiaccio, la loro ferocia ineguagliabile.

Ma non era abbastanza. I Drakka erano troppi, le loro file troppo profonde. Nemmeno gli eroismi dei Lacerati potevano inclinare la bilancia a lungo. Avevano bisogno di un miracolo.

12

«La breccia è sigillata!» urlò il Maestro Satoshi.

Era una piccola vittoria, ma rinfrancò comunque lo spirito di Kai. Lei tornò a concentrarsi sull'enorme Drakka. A rischio di spezzare la propria concentrazione, scivolò giù dal dorso del drago e gli si affiancò.

Aiutami ad abbatterlo, disse Kai a Hikari.

Sono pronta quando lo sei tu.

«Ryn!» urlò Kai. «Ritirati!»

Egli fece come gli era stato chiesto e gli altri Sundered seguirono il suo ordine di fare lo stesso. Con loro fuori dai piedi, Kai diresse le fiamme dalla muraglia verso il Drakka, costringendo il muro a richiudersi attorno alla creatura. Il Drakka artigliò la barriera, la sua forma massiccia che si stagliava contro le fiamme. I suoi ruggiti di sfida si tramutarono in grida di dolore mentre le fiamme gli bruciavano la carne, ma continuò comunque a spingere con una forza innaturale. Kai strinse i denti e concentrò tutta la sua energia nel mantenere l'incantesimo, con il corpo che le tremava per lo sforzo.

Con un ruggito fragoroso, Hikari si lanciò in avanti attraverso il muro di fuoco, schiantandosi contro il Drakka. Il loro scontro inviò onde d'urto attraverso il terreno sotto i piedi di Kai, mentre lottavano per il predominio. Kai rilasciò la magia e sguainò la spada, esitando mentre la vista le si annebbiava. Si schiarì rapidamente e lei si precipitò avanti, roteando la lama in un arco che separò la testa del Drakka dalle spalle. Un grido di giubilo si levò dai difensori sulle mura.

Ma la battaglia non era ancora finita. Altri Drakka si riversarono avanti, il loro odio alimentato dalla caduta del loro compagno. Uno stuolo di Sworn e i loro draghi atterrarono ai fianchi di Kai, unendosi allo scontro. Kai salì sulla schiena di Hikari e gli Sworn si disposero in una formazione a punta di freccia. Kai sentì i muscoli di Hikari tendersi sotto di sé, pronti a guidare la carica.

«Insieme!» urlò Kai.

«Insieme!» le fecero eco gli altri all'unisono.

L'aria si riempì dello scontro della battaglia, mentre draghi e Drakka cozzavano gli uni contro gli altri. Kai guidava Hikari con sottili spostamenti del proprio peso, le loro menti che lavoravano all'unisono. Si fecero largo tra le file dei Drakka, sferrando colpi rapidi e mortali, seminando distruzione al loro passaggio.

Le sorti della battaglia iniziarono a cambiare, lentamente ma inesorabilmente. Kai osservò con crescente euforia le linee dei Drakka che cominciavano a fratturarsi sotto l'assalto implacabile degli Sworn. Fiumi di fuoco, ghiaccio e fulmini saettavano nel cielo mentre gli Sworn scatenavano i loro poteri elementali in perfetta armonia.

Kai provò un'ondata di orgoglio e di speranza. Sentendosi audace, sperimentò le capacità del mantello estendendone il potere fino a coprire anche Hikari. Ci riuscì, ma a caro prezzo. Lo usò a intermittenza, guidando Hikari attraverso il regno delle ombre per apparire dove erano più necessarie, riemergendo per offrire supporto e direzione.

«Stanno vacillando!» gridò Kai, con il cuore che le batteva all'impazzata. «Continuate a premere!»

Come in risposta alle sue parole, le formazioni dei Drakka iniziarono a sgretolarsi. I loro temibili ruggiti si trasformarono in urla di frustrazione e di dolore, nel trovarsi sovrastati a ogni mossa. Un corno rimbombò nell'aria e i Drakka iniziarono a ritirarsi.

Akuhara è vicina, disse Kai. *Portami su.*

Hikari si levò in volo e Kai scrutò il terreno. Non c'era ancora traccia di sua sorella. Osservò le ondate di Drakka ritirarsi dalla città, ma sapeva che si trattava solo di una breve tregua. Finché Akuhara fosse stata là fuori, i Drakka non si sarebbero arresi. Tornarono a terra, dove il Maestro Satoshi attendeva tra gli Sworn.

«Vi siete dimostrata una vera condottiera,» disse a Kai. «Gli Sworn si sono radunati attorno a voi di loro spontanea volontà.»

«Stavo solo facendo ciò che chiunque di noi avrebbe fatto,» replicò Kai.

«Dobbiamo riunire le nostre forze e prepararci per la prossima ondata. Ciò che abbiamo visto è solo l'inizio.»

Il Maestro Satoshi aveva ragione. La prossima ondata di Drakka sarebbe arrivata e, ancora una volta, le difese della città sarebbero state messe a dura prova. Avevano bisogno di riposo, ma non c'era tempo da perdere. Il Maestro Satoshi iniziò a impartire ordini, organizzando le loro forze e preparandole all'imminente assalto.

Non passò molto tempo prima che un esploratore arrivasse con la notizia che i Drakka si erano raggruppati.

«Quanti sono?» domandò il Maestro Satoshi.

«Più di prima. Molti di più.» La voce dell'esploratore tremava. «E il cielo... non è naturale.»

Nubi scure e tempestose turbinavano all'orizzonte, tinte di un'inquietante luce verdastra. Un basso brontolio scosse il terreno, come se la terra stessa tremasse di paura. In lontananza, un vasto mare di ombre apparve all'orizzonte, estendendosi a perdita d'occhio. I Drakka erano tornati.

Mentre Kai osservava, una figura si elevò sopra le loro file, terribile e familiare. Akuhara. Accanto a lei si stagliava una sagoma mostruosa: il suo drago, avvolto in una luce e in fiamme verdi. L'aria si fece pesante, carica di un'energia opprimente che rendeva difficile respirare. Kai sentì una presenza al suo fianco e si voltò per vedere Siran, il volto grave.

«Per gli antenati,» sussurrò. «Sono così tanti...»

Le nubi temporalesche si agitavano in cielo e, in lontananza, il drago di Akuhara emise un ruggito da far gelare le ossa. Kai chiuse gli occhi, attingendo nel profondo di sé stessa alla forza di cui avrebbe avuto bisogno nell'imminente battaglia. Gli elementi risposero alla sua chiamata: fuoco e terra le scorrevano nelle vene.

Sono con te, disse Hikari. *La sconfiggeremo insieme.*

La voce del Maestro Satoshi squarciò la tensione, strappando Kai ai suoi pensieri. Era in piedi in cima a un vicino spalto, i capelli sferzati dal vento mentre si rivolgeva ai difensori radunati.

«Figli e figlie di Zhencheng!» tuonò. «Il nemico è alle nostre porte, ma non troverà qui una vittoria facile! Noi siamo i guardiani di questa terra e i nostri spiriti ardono più luminosi delle loro nubi oscure! Ricordate coloro che sono venuti prima di noi, che hanno dato la vita perché noi potessimo essere qui oggi! Noi siamo gli Sworn e non vacilleremo!»

Un coro di acclamazioni esplose tra i difensori. Kai alzò il pugno in segno di solidarietà, il cuore che le pulsava di un misto di paura e determinazione. Passò una mano lungo le scaglie di Hikari. Il drago brontolò in risposta, un pennacchio di fumo che si arricciava dalle sue narici.

Uno schianto assordante scosse le fondamenta della città. In lontananza, massi giganteschi sfrecciarono in aria, schiantandosi contro le mura esterne di Zhencheng.

«Hanno portato macchine d'assedio!» gridò qualcuno.

La mente di Kai correva veloce. «Hikari, dobbiamo...»

Prima che potesse finire la frase, un'altra raffica si abbatté sulle difese. L'aria si riempì delle urla dei civili in preda al panico e delle grida dei soldati che accorrevano ai loro posti.

«Brecce multiple!» giunse un grido frenetico da oltre le mura. «Stanno attaccando da tutti i lati!»

13

Il mondo si offuscò mentre Hikari spiccava il volo, le sue ali possenti che li portavano al di sopra del caos. Da quella posizione privilegiata, a Kai si strinse il cuore alla vista sottostante. Le mura esterne erano crollate in più punti e fiumi di forze Drakka si riversavano attraverso le brecce come una marea velenosa.

Non possiamo permettere che raggiungano il palazzo, disse Kai.

Hikari ringhiò in segno di assenso, tuffandosi verso la breccia più vicina. Kai evocò lingue di fuoco che piovvero sugli invasori. Urla di dolore e rabbia echeggiarono dal basso. Mentre viravano per un altro passaggio, Kai scorse dei civili terrorizzati che fuggivano per le strade.

Dobbiamo far guadagnare loro tempo, disse, più a se stessa che a Hikari. *Punta al cancello principale!*

Sorvolarono la città, con lo stomaco di Kai che si contorceva per la distruzione sottostante. Gli incendi divampavano incontrollati, colonne di fumo si levavano verso il cielo. Il suono dell'acciaio che cozzava e le grida strazianti riempivano l'aria. Atterrando vicino al cancello, Kai saltò giù dalla schiena di Hikari.

«Dov'è il Maestro Satoshi?» chiese a una guardia vicina.

«È stato convocato dall'imperatore.»

Tieni la posizione, disse lei a Hikari.

Kai corse per le strade. L'assalto dei Drakka era implacabile, ben oltre ciò che aveva immaginato. Raggiunse il palazzo ed entrò senza trovare opposizione, poiché le guardie erano assenti. Quando irruppe nelle stanze imperiali, la scena che le si parò davanti le fece gelare il sangue nelle vene.

L'imperatore, con il volto cinereo, era circondato da consiglieri rannicchiati per la paura. «Non abbiamo scelta,» stava dicendo, la sua voce anziana che tremava. «Dobbiamo arrenderci prima che tutto sia perduto.»

«Vostra Maestà!» gridò Kai, facendosi avanti. Tutti gli occhi si volsero verso di lei, compresi quelli del Maestro Satoshi, che si trovava accanto al trono dell'imperatore. «Non potete arrendervi.»

Gli occhi dell'imperatore si strinsero. «Zhencheng sta cadendo. Continuare a combattere significa condannare il nostro popolo al massacro.»

Kai scosse il capo con veemenza. «Posso fermare tutto questo. Posso affrontare Akuhara direttamente.»

Il Maestro Satoshi si chinò e sussurrò qualcosa all'orecchio dell'imperatore. Kai non poté fare a meno di chiedersi se la stesse tradendo. L'imperatore la studiò per un lungo momento, il conflitto ben visibile sul suo volto. Alla fine, annuì.

«Non fallirò,» promise lei. «Tenete l'imperatore al sicuro,» aggiunse, guardando il Maestro Satoshi. Lui annuì, e Kai lasciò il palazzo, correndo di nuovo verso il cancello principale della città.

È ora di porre fine a tutto questo, disse a Hikari mentre si fermava con una scivolata accanto al drago. *Mi occuperò io di Akuhara. Tu tieni occupata la sua bestia.*

Hikari spiccò il volo con un forte ruggito, scomparendo oltre le mura. Kai sgusciò attraverso il cancello, che era stato socchiuso da un grosso masso. Scrutò il campo di battaglia e trovò Akuhara alla guida di un gruppo di Drakka, il potere che le crepitava attorno come un'aura sinistra. Kai strinse l'elsa della spada e si precipitò ad affrontarla.

«Avrei dovuto immaginare di trovarti qui,» disse sua sorella. «Sei diventata una bella spina nel fianco.»

«Permettimi di alleviare la tua sofferenza.»

Senza preavviso, Akuhara colpì. Oscuri viticci di magia, intrecciati con fiamme roventi, si scagliarono verso Kai. Lei ebbe a malapena il tempo di reagire. Si tuffò di lato, incanalando la sua connessione con la terra. Il suolo tremò, rispondendo alla sua volontà. Un muro di pietra eruppe dal terreno, proteggendola dal peggio dell'assalto di Akuhara.

«Non puoi battermi,» la schernì Akuhara, scatenando un'altra raffica di fuoco oscuro che sciolse la pietra. «Sei troppo debole, troppo spaventata per impossessarti del vero potere!»

Stringendo i denti, Kai attinse alla magia del Cuore di Fiamma, respingendo le fiamme di sua sorella. «Ti sbagli,» replicò, la voce ferma nonostante lo sforzo. «La forza non consiste nel dominare. Consiste nel fare ciò che è giusto, anche quando ti costa tutto.»

Gli occhi di Akuhara brillarono di malizia mentre evocava un turbine di ombre, le sue dita che si torcevano in gesti arcani. «Simili nobili sentimenti non salveranno né te né questo impero. Te l'ho già detto, brucerò questo mondo e ne creerò uno nuovo.»

La scura tempesta si scagliò verso Kai, crepitando di energia. L'istinto di Kai prese il sopravvento. Protese le mani in avanti, invocando il Cuore di Fiamma. Un muro brillante di fuoco eruppe davanti a lei, intrecciandosi con i fili d'ombra che evocò dal regno delle ombre.

«Non ti permetterò di distruggere nient'altro!» urlò Kai.

I loro poteri si scontrarono in uno spettacolo abbagliante. Fiumi di fuoco e ombra danzavano intorno a loro, l'aria sfrigolava di energia. Kai attinse alla terra, facendo sì che il suolo si spostasse e si increspasse sotto i piedi di Akuhara. Sua sorella inciampò ma riacquistò rapidamente l'equilibrio, reagendo con un torrente d'acqua dal cielo che minacciò di annegare Kai sul posto. Kai contrastò la magia surriscaldando l'aria, trasformando il diluvio in vapore.

«Ingegnoso,» ammise Akuhara a malincuore, stringendo gli occhi. «Ma sei una novellina in confronto a me.»

Il respiro di Kai si fece corto e affannoso. Poteva sentire lo sforzo di mantenere una manipolazione elementale così intensa. Ma non poteva vacillare ora. Con un movimento rapido, Kai evocò una raffica di vento, usandola per spingersi in aria. Da questa posizione privilegiata, fece piovere una raffica di palle di fuoco, ognuna mirata a respingere Akuhara.

Non avrebbe potuto resistere ancora a lungo.

Kai sentì il calore familiare della presenza di Hikari sfiorarle la mente. In quel momento di connessione, un'ondata di forza la inondò. Chiuse brevemente gli occhi, facendo un respiro profondo.

Mostrale il tuo vero potere.

Le parole provenivano dal loro legame, ma non era la voce di Hikari che sentì. Era quella di Kokoro. Con un movimento fluido, Kai dispiegò il mantello di pelle di drago, le cui scaglie brillavano di una luce ultraterrena. Mentre se lo avvolgeva attorno, scivolò nel regno delle ombre. Il campo di battaglia intorno a lei divenne ovattato, spettrale. Poteva vedere Akuhara, ma i movimenti di sua sorella erano lenti, come se si muovesse nell'acqua.

Kai sfrecciò tra le ombre, emergendo dietro Akuhara. Le sferrò un calcio dietro la gamba, facendola cadere in ginocchio. Akuhara si rialzò e si voltò di scatto, ma Kai era già sparita, dissolvendosi di nuovo nelle ombre. Riacomparve alla sinistra di Akuhara, evocando un turbine di fuoco che colse di sorpresa la sua gemella.

«Stai ferma e combattimi!» ruggì Akuhara.

Kai provò una fitta di tristezza. «Ti sto combattendo,» disse. «Ma alle mie condizioni, non alle tue!»

Mentre danzava tra i regni, Kai sentiva che le sorti della battaglia stavano cambiando. Gli attacchi di Akuhara, un tempo così soverchianti, ora apparivano goffi e prevedibili. A ogni passaggio, Kai usava gli elementi: il fuoco per accecare, la terra per intrappolare e l'aria per sferzare.

La furia di Akuhara cresceva a ogni assalto fallito. «Pensi che i tuoi trucchetti possano salvarti?» urlò, scatenando un'enorme ondata di energia oscura.

Ma Kai era pronta. Emerse dalle ombre proprio di fronte a sua sorella, le mani che tessevano uno schema intricato, guidate dagli antichi draghi del passato. Gli elementi risposero alla sua chiamata, formando una barriera scintillante che assorbì l'attacco di Akuhara.

Con un gesto, ritorse contro di lei la sua stessa energia oscura, rispedendogliela indietro in uno spettacolo abbagliante. Per la prima volta, Kai vide la paura balenare negli occhi di sua sorella. Con un urlo agghiacciante, Akuhara scagliò le mani verso il cielo. L'aria crepitò mentre l'oscurità turbinava attorno a lei, fondendosi in un maelstrom di pura forza distruttiva.

Kai chiuse gli occhi, posando una mano sul Cuore di Fiamma. Il suo calore pulsava in sincronia con il battito del suo cuore, e lei sentì la forza di Hikari scorrerle dentro. Con un respiro profondo, Kai incanalò il potere del Cuore di Fiamma. Il fuoco eruttò dalle sue mani, scontrandosi frontalmente con l'assalto di Akuhara. Lo scontro di energie illuminò il campo di battaglia, proiettando ombre sinistre sulle mura della città.

Kai digrignò i denti, le braccia che le tremavano per lo sforzo. Lentamente, centimetro dopo centimetro, il fuoco di Kai iniziò a respingere l'oscurità di Akuhara. L'aria scintillava per il calore, il terreno sotto i loro piedi che si spaccava per l'immensa pressione.

Il Cuore di Fiamma ardeva più luminoso che mai, il suo potere che scorreva nelle vene di Kai. Con le lacrime che le rigavano il volto, raccolse le forze per un'ultima spinta, ma mentre le fiamme avvolgevano Akuhara, la sua determinazione vacillò.

14

Nonostante tutto, un barlume di speranza ardeva dentro Kai. Tese la mano, la sua voce dolce ma pressante.

«Abbandona questo sentiero,» lo supplicò. «Non deve finire così.»

Le labbra di Akuhara si piegarono in un sogghigno, la sua voce grondava veleno. «Sciocca bambina. L'oscurità è tutto ciò che ho.»

Con un ringhio, Akuhara si scagliò in avanti, un'energia oscura che crepitava attorno alla punta delle sue dita. L'istinto di Kai prese il sopravvento e i suoi poteri elementali affiorarono impetuosi. Protese le mani in avanti, forze invisibili che inchiodarono Akuhara al suolo.

Il cuore di Kai batteva all'impazzata come un tamburo, rifiutandosi di rallentare. Era davvero l'unico modo? Ma mentre fissava gli occhi pieni d'odio di Akuhara, seppe che non c'era altra scelta.

Con il cuore pesante, Kai sguainò la sua spada dalla lama nera. Il suo peso le sembrò diverso, come se portasse il fardello di ciò che doveva fare. Sollevò la lama in alto, la sua superficie d'ossidiana che rifletteva il caos intorno a loro.

Akuhara si divincolò contro i legami invisibili, ma fu inutile.

«Mi dispiace,» sussurrò Kai. I loro sguardi si incrociarono, e Kai affondò la spada nel cuore di Akuhara.

Un urlo terribile si strappò dalla gola di Akuhara, mentre l'oscurità esplodeva verso l'esterno. Kai barcollò all'indietro, con gli occhi sgranati mentre guardava la luce svanire dallo sguardo di sua sorella. Il drago di lei ruggì di dolore e si divincolò da Hikari, volando goffamente prima di schiantarsi al suolo in una nuvola di polvere. Hikari sfrecciò nel cielo, atterrando sopra il drago caduto e ponendo fine ai suoi spasmi.

Mentre il corpo di Akuhara si afflosciava, un'ondata di incertezza attraversò le forze dei Drakka. Kai poteva percepire la loro determinazione vacillare, ma sapeva che il pericolo era tutt'altro che svanito. La loro guida era caduta, ma minacciavano ancora di sopraffare la città.

Kai chiuse gli occhi, scavando nel profondo di sé. Sentì il caldo pulsare del suo legame con Hikari, l'energia ardente del Cuore di Fiamma e l'antico potere del mantello di pelle di drago sulle sue spalle. Gli elementi turbinavano intorno a lei, rispondendo al suo richiamo.

«Mai più,» dichiarò Kai, la sua voce che si propagava attraverso il campo di battaglia. Iniziò a intrecciare le energie disparate, guidata da una conoscenza antica che le giungeva attraverso il legame.

Mentre il potere cresceva dentro di lei, i pensieri di Kai si volsero al peso del suo dovere. Quante vite erano in bilico? Quanto sarebbe stato sacrificato per garantire la pace? Le domande le bruciavano nella mente mentre incanalava ogni briciola della sua forza nel colpo imminente.

I suoi occhi si spalancarono, ardenti di una luce ultraterrena. Il potere combinato degli elementi e delle ombre le scorreva dentro, bruciando più luminoso e feroce di qualsiasi cosa avesse mai provato prima. Era come se ogni fibra del suo essere fosse diventata un condotto per pura e sfrenata energia.

Hikari ululò d'angoscia, il dolore e la determinazione del drago che echeggiavano quelli di Kai. Il loro legame, già forte, si approfondì fino a un livello quasi insopportabile. Kai poteva sentire il battito del cuore di Hikari come se fosse il suo, le loro menti che si fondevano finché non fu più sicura di dove finisse lei e iniziasse il drago.

Non so se riesco a contenere tutto questo, gridò Kai a Hikari.

La tua forza è la mia, e la mia è la tua. Prendi ciò di cui hai bisogno.

Mentre il potere continuava a crescere, Kai sentì un dolore lancinante sulla schiena. Il mantello cominciò a lacerarsi sotto la pressione delle forze elementali che lo attraversavano. A ogni strappo, Kai sentiva la sua connessione con gli elementi frantumarsi, minacciando di svanire del tutto.

Nonostante l'agonia che le straziava il corpo e il pericolo di perdere il controllo, Kai andò avanti. Alzò le mani, incanalando ogni briciolo di potere che riuscì a radunare. Il tessuto stesso della realtà sembrava deformarsi intorno a lei.

Con un ultimo, devastante grido, Kai rilasciò l'energia repressa. Un'esplosione infuocata di magia eruppe dalle sue mani, avvolgendo le forze dei Drakka in un inferno accecante. Il potere era travolgente, meraviglioso e terrificante allo stesso tempo.

Mentre la magia fluiva via da lei, Kai sentì la sua coscienza iniziare a svanire. I suoi pensieri si volsero a Hikari, al legame indissolubile che condividevano, e vi trovò conforto.

Il rombo assordante dell'esplosione svanì, lasciando il posto a un silenzio inquietante. Mentre il fumo cominciava a dissiparsi, Kai sbatté le palpebre, la sua vista offuscata e annebbiata. L'odore acre di cenere e fumo le riempì le narici, facendola tossire debolmente.

Hikari?

Un brontolio cupo le rispose, e Kai sentì la presenza rassicurante del suo drago nelle vicinanze. Quando la vista le si schiarì, vide la devastazione che li circondava. L'esercito dei Drakka giaceva in rovina, le macchine da guerra distrutte e i corpi dilaniati. Si voltò verso Zhencheng e i segni di vita cominciarono a riaffiorare.

I sopravvissuti, i volti striati di fuliggine e incredulità, sbirciavano cautamente fuori dai loro nascondigli. Il pianto di un bambino squarciò l'aria, seguito dal singhiozzo sollevato di una madre. Lentamente, la gente iniziò a radunarsi, con gli occhi fissi su Kai e Hikari con un misto di stupore e gratitudine.

Un uomo anziano si avvicinò, le vesti logore e coperte di sangue. «Voi... ci avete salvato,» disse, con la voce tremante. «I Drakka... sono spariti.»

Kai cercò di rispondere, ma le forze la stavano abbandonando rapidamente. Il mondo cominciò a girare e si sentì cadere. *Hikari*, si protese con la mente. *Non ce la faccio...*

Mentre la coscienza svaniva, Kai sentì il caldo abbraccio dell'ala di Hikari avvolgerla. La presenza del drago nella sua mente era un balsamo lenitivo, anche se il dolore straziava i corpi di entrambi.

Riposa, echeggiò la voce di Hikari nei suoi pensieri. *Hai fatto anche più del dovuto. Zhencheng è al sicuro.*

L'ultimo pensiero coerente di Kai fu per l'immenso tributo che la loro vittoria aveva richiesto. Mentre l'oscurità la reclamava, si chiese se il prezzo della pace sarebbe mai stato veramente pagato per intero.

15

Mentre riprendeva lentamente conoscenza, le dita di Kai cercarono istintivamente la consistenza familiare del suo mantello. Invece, incontrarono solo brandelli logori: l'indumento un tempo potente era ora ridotto a bordi sfilacciati e squarci. Si costrinse ad aprire gli occhi, facendo una smorfia per lo sforzo.

«Il mantello», sussurrò con voce roca. «È...»

La voce tonante di Hikari le riempì la mente. *Una vittima della nostra vittoria.*

Kai lottò per mettersi a sedere, mentre il suo corpo protestava a ogni movimento. Teneva davanti a sé il mantello in rovina: la sua essenza magica era svanita, dissipata come nebbia al sole del mattino. Mentre elaborava la perdita, sentì la sua connessione con gli elementi affievolirsi, come una candela che vacilla al vento.

Lo sento, disse Kai, con un nodo che le si formava in gola. *Gli elementi... mi stanno sfuggendo.*

Kai si protese con i suoi sensi. La terra sotto di lei sembrava attutita, l'aria meno reattiva al suo richiamo. Era come se una parte di lei fosse stata strappata via, lasciando al suo posto un dolore sordo e vuoto.

Ne è valsa la pena? chiese.

Gli occhi del drago incontrarono i suoi, colmi di un misto di dolore e orgoglio. *Guardati intorno. La città è ancora in piedi. La sua gente è viva. Qual è il prezzo di un mantello in confronto a questo?*

Kai annuì lentamente, le sue dita che tracciavano i resti dell'indumento magico. *Hai ragione, naturalmente. È solo che...*

Le sue parole furono interrotte dal suono di trombe. Il telo improvvisato che fungeva da ingresso alla sua tenda di degenza fu tirato indietro, rivelando un messaggero imperiale in vesti sfarzose, anche se leggermente bruciacchiate.

«Kai Lin», annunciò il messaggero, inchinandosi profondamente. «Sua Maestà Imperiale richiede la Vostra presenza per una cerimonia d'onore. Voi e il Vostro drago sarete celebrati come i salvatori di Zhencheng.»

Kai scambiò un'occhiata con Hikari. *Non sono sicura di essere in condizione di partecipare a una cerimonia,* ammise.

Il divertimento del drago si propagò attraverso il loro legame.

Per quanto tempo sono stata incosciente?

Qualche giorno, rispose Hikari. *Sono venuti a controllarti ogni ora per vedere se ti fossi svegliata. Non vedono l'ora di renderti onore.*

Kai non era sicura di cosa pensare al riguardo, ma si alzò comunque cautamente dal letto. Si rese presentabile come meglio poteva e si guardò intorno nella tenda, incuriosita.

Non avrei permesso che ti spostassero lontano da me, disse Hikari, leggendole nel pensiero. *L'hanno allestita qui, dove sei crollata.*

Kai rise e se ne pentì subito, mentre una fitta di dolore le attraversava il corpo. Fece una smorfia, aspettando che passasse prima di uscire dalla tenda. Seguì il messaggero e Hikari le rimase vicino.

Entrarono in ciò che restava del palazzo imperiale e Kai fu sorpresa di vedere una grande folla che affluiva per la cerimonia. Il soffitto della sala del trono era aperto sul cielo, il suo tetto nient'altro che un ricordo.

C'erano i suoi genitori e gli occhi le si riempirono di lacrime. Con tutto quel caos, non aveva pensato di chiedere di loro al Maestro Satoshi.

L'imperatore si alzò dal trono e si fece avanti. «Kai Lin», intonò, la sua voce che arrivava in ogni angolo della stanza. «Voi avete fatto ciò che molti ritenevano impossibile. Avete salvato non solo questa città, ma il cuore stesso del nostro impero.»

Kai chinò il capo, sentendo il peso di ogni sguardo su di lei. «Vostra Maestà, io-»

«No», la interruppe l'imperatore, un sorriso che abbelliva i suoi lineamenti. «Oggi, siamo noi a inchinarci a Voi.» Con stupore di Kai, l'imperatore si abbassò sulle ginocchia, poi premette la testa a terra ai suoi piedi in un gesto di profondo rispetto.

Mentre si rialzava, gli occhi dell'imperatore brillavano d'orgoglio. «Kai Lin, il Vostro coraggio e la Vostra guida si sono rivelati inestimabili. Vorrei che foste parte del mio consiglio, per aiutare a guidare il nostro impero in questa nuova era di pace.»

Un mormorio di approvazione si diffuse tra la folla. Kai sentì il cuore accelerare, combattuta tra il dovere e la sensazione assillante che il suo cammino fosse altrove.

Lanciò un'occhiata a Hikari, cercando una guida nei suoi occhi.

«Vostra Maestà», cominciò Kai, la voce ferma nonostante il suo tumulto interiore. «Sono profondamente onorata dalla Vostra offerta...» Fece un respiro profondo, sentendo il peso della sua decisione. «...ma devo rispettosamente declinare.» Un sussulto collettivo percorse la folla e persino le sopracciglia dell'imperatore si inarcarono per la sorpresa.

«Il mio cammino», continuò Kai, la sua voce che si faceva più forte, «non è nelle sale del potere, ma tra la gente che ho giurato di proteggere. La guerra sarà anche finita, ma le cicatrici che ha lasciato sono profonde. Desidero aiutare a ricostruire ciò che è andato perduto, per garantire che le lezioni di questo conflitto non vengano dimenticate. La minaccia dei Drakka non è svanita, non del tutto. Ci sono nidi là fuori che devono essere trovati e distrutti. Questo è il mio cammino. Con tutto il dovuto rispetto, non desidero essere una figura di facciata nel Vostro consiglio.»

Incontrò lo sguardo dell'imperatore. «Vostra Maestà, Voi avete il potere di condurre il nostro popolo in una nuova era di pace e unità senza di me.»

L'imperatore annuì lentamente, un'espressione di comprensione che si formava sul suo volto. «La Vostra saggezza continua a stupirmi, Kai Lin. Ebbene, onorerò la Vostra decisione.»

Dalle cucine reali fu portato del cibo e Kai sedette con i suoi genitori mentre mangiavano insieme. Parlarono poco, scegliendo invece di godersi il tempo insieme. Al termine della cerimonia, Kai provò un misto di sollievo e attesa. Si rivolse a Hikari, che era stata una presenza silenziosa per tutto il tempo.

Sei pronta per un altro viaggio?

Il rombo di Hikari fu una risposta più che sufficiente. Salutò la sua famiglia e partì da Zhencheng con Ryn e i Divisi, lasciandosi alle spalle gli applausi e i riconoscimenti per il cielo aperto.

Mentre viaggiavano, il paesaggio si trasformò gradualmente. La terra bruciata lasciò il posto a teneri fili d'erba e l'odore di fumo fu sostituito dal dolce profumo dei fiori di campo. Kai si meravigliò della resilienza della natura, sentendo una scintilla di speranza a ogni segno di rinnovamento.

Si fermarono a riposare in un piccolo villaggio. Kai osservò gli abitanti del villaggio lavorare insieme per ricostruire le case, i loro volti segnati dalla determinazione piuttosto che dalla disperazione. Una bambina si avvicinò, offrendo a Kai e ai suoi compagni una manciata di bacche appena raccolte.

«Per la cavaliera del drago che ci ha salvati», disse la bambina, con gli occhi spalancati per l'ammirazione.

Kai accettò il dono con un sorriso, la gola stretta dall'emozione. «Grazie», mormorò, rendendosi conto che era per questo – per questo semplice momento di gentilezza – che aveva accettato il suo cammino.

Mentre continuavano il loro viaggio, i pensieri di Kai si spostarono sulle sfide che li attendevano. Una volta distrutti i nidi, voleva riparare Tatenagawa. Il restauro del tempio non sarebbe stata un'impresa da poco, ma sapeva che era necessario. Sarebbe stato un faro di speranza, un monito di ciò che si poteva ottenere quando le persone si univano contro l'oscurità.

16

Mentre i giorni si trasformavano in settimane, Ryn percepiva sempre meno la presenza delle uova di Drakka. Avevano distrutto più di una dozzina di nidi, e ora si trovavano di fronte all'ingresso dell'ultimo. La caverna incombeva davanti a loro, la sua bocca frastagliata spalancata come se la terra stessa si fosse spaccata per riversare i suoi oscuri segreti. Kai era ferma all'ingresso, con la mano appoggiata sull'elsa della spada. L'aria era densa di un odore nauseabondo e sulfureo che le faceva rivoltare lo stomaco. Hikari si mosse al suo fianco, le scaglie dorate che luccicavano debolmente alla luce che filtrava dal cielo tempestoso.

Dietro di loro, i Sundered attendevano in silenzio. Ryn si fece avanti, il volto cupo. «Questo è il nido più grande che abbiamo trovato finora» disse a bassa voce. «Non appena distruggeremo questo, la minaccia dei Drakka finirà per sempre.»

Kai annuì, lo sguardo fisso sull'oscurità che li attendeva. «Abbiamo quasi finito» disse. La sua voce era ferma, ma un barlume di inquietudine danzava ai margini dei suoi pensieri. Ogni nido che avevano distrutto aveva preteso il suo tributo, sulla loro forza e sul loro spirito. Per una ragione che non sapeva spiegare, distruggere le uova era diventato un peso su di lei, su tutti loro, che non potevano ignorare. Sospettava che si trattasse di una sorta di maledizione, forse un incantesimo lasciato da Akuhara.

La voce tonante di Hikari irruppe tra i suoi pensieri. *Le uova non opporranno resistenza, ma l'atto in sé ti metterà a dura prova. Devi essere pronta.*

Lo sono, rispose Kai, stringendo l'elsa della spada. «Siamo arrivati troppo lontano per vacillare adesso.» Quelle ultime parole, lanciando un'occhiata alle proprie spalle, erano rivolte a Ryn.

Ryn annuì, facendo un cenno agli altri. I Sundered si disposero in formazione, con le armi sguainate. Erano meno numerosi di quando li aveva incontrati per la prima volta. Ogni perdita pesava sul cuore di Kai, ma scacciò il dolore. Ci sarebbe stato tempo per piangere i morti quando gli ultimi resti dei Drakka fossero svaniti.

Il gruppo si inoltrò nella caverna e l'oscurità li inghiottì completamente. Le pareti erano viscide d'umidità e l'aria si faceva più calda a ogni passo. La debole e ritmica pulsazione delle uova echeggiava nella camera, un suono che fece correre un brivido lungo la schiena di Kai.

Il nido era vasto, il suo pavimento cosparso di grappoli di uova. I loro gusci traslucidi pulsavano flebilmente di una luce sinistra.

«Separatevi» ordinò Kai.

I Sundered si misero in posizione. Hikari scatenò un getto di fuoco controllato, le fiamme che si riversavano sulle uova. I gusci esterni sfrigolarono e si creparono sotto il calore, la luce al loro interno che tremolava come brace morente.

Kai si fece avanti, sollevò la spada e la calò con un fendente netto. L'uovo andò in frantumi, il suo contenuto che si riversava in un liquido viscoso e scuro. Passò al successivo, e poi a quello dopo ancora, ogni colpo un passo più vicino alla fine di quell'incubo.

I Sundered seguirono il suo esempio, affondando le lame nelle uova con cupa determinazione. Hikari faceva la guardia, usando le sue fiamme per bruciare altre uova mentre loro lavoravano per sezioni. La caverna echeggiava del suono dei gusci infranti e dei respiri pesanti dei Sundered.

Quando l'ultimo uovo fu distrutto, Kai abbassò la spada, il petto che si sollevava per la fatica. Si guardò intorno nella caverna, ora silenziosa e vuota. Il peso di ciò che avevano fatto la opprimeva, ma si rifiutò di lasciarsi schiacciare. Era necessario. Era il prezzo della libertà.

Ryn le si avvicinò, il viso pallido. «È fatta.»

Kai annuì, gli occhi che indugiavano sui resti carbonizzati del nido. «Li abbiamo distrutti tutti.»

-

Il villaggio di Taepo era un guscio vuoto rispetto a ciò che era stato un tempo. Quella che una volta era una cittadina vivace, con mercati brulicanti e stendardi colorati, ora era poco più che cenere e macerie. L'odore acre del fumo aleggiava nell'aria, mescolandosi al sapore salmastro del mare vicino. Kai se ne stava al centro della piazza, lo sguardo che spaziava sulla scena di devastazione. Le famiglie rovistavano tra le macerie delle loro case, cercando qualsiasi cosa di recuperabile. I bambini si aggrappavano ai genitori, i loro occhi sgranati pieni di paura e incertezza.

Hikari si mosse alle sue spalle, la sua mole imponente che proiettava una lunga ombra sulla piazza. La vista del drago dorato sembrava suscitare un misto di emozioni negli abitanti del villaggio. Alcuni la guardavano con stupore e gratitudine, altri con paura. Kai non poteva biasimarli. Per anni, i draghi erano stati un segno della vicinanza dei Drakka.

«Dobbiamo iniziare dai rifugi» disse Kai, rivolgendosi a Ryn che le stava accanto. «Gli abitanti non supereranno l'inverno esposti in questo modo.»

Ryn annuì, la sua espressione cupa. «C'è abbastanza legna nella foresta per costruire delle case temporanee. Organizzerò i Sundered per dare una mano.»

«Grazie.»

Ryn fece un cenno secco col capo e si allontanò per radunare gli altri. Kai riportò la sua attenzione sugli abitanti del villaggio. Facendo un respiro profondo, salì sui resti di quella che un tempo era stata una fontana, alzando la voce per rivolgersi alla folla.

«Gente di Taepo» esordì. «So che avete sofferto. So che le cicatrici dell'attacco dei Drakka sono profonde. Ma non siete soli. Siamo qui per aiutarvi a ricostruire, non solo le vostre case, ma le vostre vite. Insieme, ripristineremo ciò che è andato perduto e lo renderemo più forte.»

Gli abitanti interruppero il loro lavoro, volgendo gli occhi verso di lei. Per un momento ci fu solo silenzio, poi un uomo si fece avanti, il volto segnato dall'età e dal dolore. «E che ne è del drago?» chiese, la voce tremante. «Perché è qui?»

Kai lanciò uno sguardo a Hikari, che abbassò leggermente la testa, i loro sguardi che si incrociavano. Si rivolse di nuovo all'uomo, con voce ferma. «Hikari è qui per aiutare, proprio come me. Non c'è più nulla da temere. I Drakka sono spariti.»

L'uomo esitò, poi annuì lentamente. La tensione nell'aria si allentò e gli abitanti tornarono al loro lavoro. Kai scese dalla fontana, emettendo un sospiro silenzioso. Conquistare i cuori si stava rivelando difficile quanto vincere le battaglie.

Per mezzogiorno, la piazza era un fermento di attività. I Sundered lavoravano a fianco degli abitanti del villaggio, tagliando legna, sgomberando detriti ed erigendo le strutture di nuove case. Kai si unì a loro, rimboccandosi le maniche per sollevare travi e piantare chiodi, mentre Hikari usava i suoi enormi artigli per aiutare a rimuovere i pezzi di macerie più grandi. La vista del drago che lavorava al loro fianco sembrò placare parte della paura degli abitanti, sebbene altri continuassero a guardarsi intorno con sospetto.

«Questa trave va qui», gridò Ryn, dando istruzioni a un gruppo di abitanti del villaggio mentre issavano una trave di sostegno al suo posto. Kai si mosse per aiutarli a stabilizzarla, con le braccia tese sotto il suo peso. Insieme la fissarono, e lo scheletro di una nuova casa cominciò a prendere forma.

«Sta venendo su bene», disse Ryn, asciugandosi il sudore dalla fronte.

Kai annuì, e il suo sguardo si posò su un gruppo di bambini che osservavano dal limitare della piazza. Uno di loro, un maschietto di non più di otto anni, stringeva tra le mani un drago di pezza logoro. Fissava Hikari con un misto di fascino e paura.

Kai si accovacciò, facendogli cenno di avvicinarsi. Lui esitò, ma alla fine fece un timido passo avanti. «Come ti chiami?», gli chiese con dolcezza.

«Jin», disse lui, con un filo di voce.

Kai sorrise. «Jin, ti piacerebbe conoscere Hikari?»

Gli occhi del bambino si sgranarono, e strinse più forte il suo giocattolo. «Non mi farà male?»

«No», disse Kai con fermezza. «Hikari non farebbe mai del male a qualcuno che ha giurato di proteggere».

Gli tese una mano e, dopo un istante, Jin l'afferrò. Insieme si avvicinarono a Hikari, che abbassò la sua enorme testa al loro livello. Kai posò una mano sul muso del drago, incoraggiando Jin a fare lo stesso. Il bambino esitò, poi allungò la mano, che tremava mentre toccava le calde scaglie dorate.

Hikari emise un brontolio sommesso, un suono che parve vibrare attraverso il terreno. Il volto di Jin si illuminò in un sorriso e si voltò per mostrare il suo drago di pezza a Hikari. «Vedi? Le assomigli!»

Kai ridacchiò e, per un momento, il peso che sentiva sulle spalle le sembrò un po' più leggero. Erano questi piccoli momenti di connessione che avrebbero aiutato a guarire le ferite lasciate dalla guerra.

Al calar della notte, la piazza del villaggio si era trasformata. Diverse strutture per le nuove case si ergevano alte, e gli abitanti si radunarono attorno a un grande fuoco al centro della piazza. Kai sedeva con i Lacerati, con il corpo indolenzito per il lavoro del giorno, ma con il cuore colmo. Hikari giaceva raggomitolata lì vicino, le sue scaglie che riflettevano la luce del fuoco.

Ryn porse a Kai una ciotola di stufato, e lei l'accettò con gratitudine. «È un inizio», disse lui, accennando con il capo ai progressi che avevano fatto.

Kai annuì. «Un inizio è tutto ciò di cui abbiamo bisogno. Il resto verrà da sé».

Mentre gli abitanti del villaggio condividevano storie e risate intorno al fuoco, Kai si concesse un raro momento di pace. La battaglia contro i Drakka era stata vinta, ma quella per la ricostruzione era solo all'inizio. Eppure, non poté fare a meno di sentire la speranza agitarsi dentro di lei. Erano sopravvissuti. Stavano andando avanti. E insieme, sarebbero risorti dalle ceneri.

17

In primavera, Kai tornò alle rovine fatiscenti del tempio di Tatenagawa. I suoi occhi percorsero i resti scheletrici di quelle che un tempo erano state colonne e arcate maestose. Frammenti di piastrelle decorate scricchiolavano sotto i suoi piedi mentre camminava, e ogni passo risvegliava i suoi ricordi.

È strano, si disse Kai. *Tornare dove tutto è cominciato.*

Con gli occhi della mente, vide i volti di coloro che erano caduti: Kokoro, Liu e innumerevoli altri. «Non permetterò che i vostri sacrifici siano stati vani», giurò, stringendo i pugni lungo i fianchi.

Contemplò le rovine con rinnovata speranza. Dove altri avrebbero visto solo distruzione, Kai immaginava guglie svettanti e ampi cortili. Poteva quasi sentire le risa dei giovani cavalieri di draghi echeggiare tra le sale restaurate.

Cosa ne pensi, Hikari? chiese Kai, voltandosi verso il drago. *Riesci a vederlo anche tu?*

Gli occhi di Hikari incontrarono quelli di Kai, mentre un basso brontolio le emanava dal petto. La coda del drago sferzò l'aria, facendo rotolare una piccola cascata di detriti giù da un cumulo vicino.

Kai ridacchiò. *Lo considererò un sì.*

Si avvicinò a Hikari, la mano che istintivamente cercava il Cuore di Fiamma che le pendeva dalla cintura. L'artefatto dormiente era caldo al tocco, un dolce ricordo del potere che un tempo lo aveva attraversato.

«Abbiamo vinto», sussurrò Kai, con la voce densa di emozione. Accarezzò le scaglie di Hikari, sentendo il forte impulso del loro legame.

Mentre le parole le lasciavano le labbra, i primi raggi dell'alba si insinuarono oltre l'orizzonte, bagnando le rovine di una luce tenue e dorata. Kai e Hikari stavano fianco a fianco, le loro sagome che si fondevano mentre fissavano il cielo che si schiariva.

In quell'istante, Kai sentì un profondo senso di pace scendere su di lei. La strada da percorrere sarebbe stata lunga e ardua, ma con Hikari al suo fianco e le lezioni del loro viaggio incise nel cuore, sapeva che avrebbero potuto affrontare le molte sfide che le attendevano.

Sei pronta a iniziare il vero lavoro?

Il ruggito di risposta di Hikari echeggiò per tutta la landa, annunciando l'alba di una nuova era.

LA FINE

À PROPOS DE L'AUTEUR

INFORMAZIONI SULL'AUTORE

Ciao!

Sono un autore fantasy che ama scrivere di draghi. Ho pubblicato oltre 40 libri e ho intenzione di scriverne molti altri.

Spero che questo libro vi sia piaciuto e grazie per la lettura.

Potete seguirmi sui social media per contattarmi direttamente all'indirizzo https://www.facebook.com/dragonfirepress.

Se ti è piaciuta questa serie, ti piacerà anche quest'altra: